Cabane

Cet ouvrage a été publié
avec le concours de l'agence Trames

Le Nouvel Attila
127 avenue Parmentier 75011 Paris
www.lenouvelattila.fr

Millie Duyé

Cabane

Petite maison

La maison de mon père est trop grande. Je sais qu'on dit que c'est bien d'avoir une grande maison. Ma mère, elle, dit que c'est bien. Elle dit, *il a de la chance ton père*. Moi je pense que ce n'est pas nécessaire. Pas nécessaire d'avoir une grande maison si c'est pour ne rien en faire. Mon père, il a une grande maison vide. Il ne s'*embarrasse pas des choses* – ce qu'il dit. Il est *pratico-pratique* – ce que dit ma mère. *Pratico-pratique*, je ne sais pas bien ce que ça signifie, j'imagine que ce sont des gens qui n'ont jamais le temps parce qu'ils ne font que des choses très pratiques. C'est pour ça qu'elle le dit deux fois ma mère, car mon père n'est pas simplement pratique, il ne fait pas que pratiquer, il pratique des choses pratiques, il est pratico-pratique. N'empêche que d'avoir une grande maison c'est pratique. Pratique pour des choses. Avoir de grands animaux que personne ne peut avoir, par exemple. Comme des éléphants. Ou des bélugas. Mon père a nagé avec des bélugas et moi je me dis que pour une fois qu'il aime quelque chose, autant le mettre en pratique :

avoir de grands aquariums, des aquariums géants pour les bélugas, ça, ce serait pratique.

J'ai déménagé. J'ai oublié comment mais j'ai aujourd'hui deux parents, bien différents. Chez mon père, il y a beaucoup de place ou beaucoup de vide. Tout dépend de quel côté on se place. Mon père parle de remplir l'espace, moi je ne vois que ce qui manque : ma mère.

Je n'aime pas les maisons vides, je les aime encore moins quand elles sont grandes, parce qu'on s'y sent plus petit. *Je ne grandis pas* – ce que dit le docteur. Je m'assieds sur une chaise qui me fait suer des cuisses, ma peau collée au plastique, j'ai honte de transpirer chez un inconnu. Le docteur nous montre un graphique. Un graphique c'est une page quadrillée représentant une courbe qui, selon le docteur, peut prendre des directions différentes, *comme dans la vie*.

D'après lui et d'après la courbe, je ne prends pas une direction ascendante. Je garde la tête froide. Je lui demande calmement si je rétrécis. Avec le sérieux des médecins qui annoncent les morts, il me répond par la négative et ajoute que je ne serai juste pas bien grande. Ma mère est ravie, ça n'a pas l'air de l'inquiéter du tout que je sois une future naine. En sortant, je lui dit que tout n'est pas perdu, sans doute le docteur se trompe, elle-même n'était-elle pas petite étant enfant ? Ma mère est très grande, si je suis bien sa fille je le serai à mon tour. *Tu es bien la fille de ton père* – ce qu'elle dit. Je voudrais retourner chez ma mère pour ne pas finir toute petite. Je demande : *Quand est-ce que tu reviens à la maison ?*

Je rentre chez mon père. Ma mère ne rentre pas. Elle me dit au revoir sur le pas de la porte. Elle me dit *c'est mieux comme ça*. Elle dit que pour grandir, il faut impérativement une maison. Je reste chez mon père. Ma mère n'a pas de maison. Je serai petite. À quoi nous sert alors d'avoir autant d'espace ?

Encore heureux que je sois la fille de mon père, que j'aie son sens pratique – c'est ce que dit mon père – et que je sois *créative* – c'est ce que dit ma mère. Grâce à mon sens pratico-créatif, je peux construire une maison à ma taille. Encore heureux que mon père aille chez Ikea – mon magasin préféré – et que j'aie le droit d'avoir un lit spécial en hauteur, un *lit super-posé* – c'est comme ça que dit mon père. Il n'y a que les magasins Ikea – des boutiques pour les Suédois – qui fabriquent des lits super-posés. Mes amis, qui ne vont pas chez Ikea, ont des lits français qui sont justes posés et franchement pas super. Sous mon lit, je peux construire une maison, plus petite. *Une maison de chaoui*. *Chaoui*, c'est un mot que mon père dit. C'est joli, c'est un bon mot pour les gens petits. J'ai tendu un drap du haut du lit, coincé sous le matelas il forme les murs et j'ai installé ma maison en dessous. D'ici, les lattes du sommier, donnent un effet poutres-apparentes à mon plafond.

Je peux y accrocher toutes sortes de choses, le linge qui sèche – j'utilise encore la machine de mon père, mais je compte bien, très prochainement, installer un système de lave-linge – les lumières, avec plusieurs lampes torches – il y a une prise dans le coin, derrière mon lit mais je préfère être autonome en énergie si ma maison venait à voyager toute seule, si ma cabane devait se transformer en bateau, ou juste se déplacer comme ça nous arrive souvent dans ma famille. J'ai oublié lesquelles, mais cette année j'ai eu trois écoles et trois maisons différentes. Ça dépend de qui mène la barque entre mes deux parents. Je voyage et déménage en suivant toujours le vainqueur. Pour l'instant, c'est mon père qui gagne.

Je dois suivre les règles de sa maison. Ma cabane est dépendante des lois du terrain qui l'héberge. Ma cabane ne s'appartient pas. Je ne peux pas mettre de la paille ni adopter un bébé porc alors que ce serait le rêve.

Quand on est habitué aux voyages, on s'essaye à l'indépendance. L'idée, c'est d'avoir énormément de piles pour ne jamais tomber en rade. Je rêve d'un mini-frigo, mais mon père refuse de l'acheter. Je n'ai pas d'argent parce que je n'ai pas encore de travail. Je vais m'approvisionner dans la cuisine mais rarement je trouve des choses à grignoter. Mon père n'a rien d'intéressant dans son frigo. Rien qui ressemble à de la nourriture. J'ai eu l'envie d'installer de la paille, pour le sol de la maison et pour nourrir mes animaux-jouets mais mon père a refusé. Il a ri et m'a demandé si je voulais vivre comme un porc. Je défends sincèrement la cause des porcs. Tout le monde dit qu'ils sont dégueulasses mais j'ai vu des bébés cochons au Salon de l'agriculture, je les ai trouvés très beaux et franchement pas sales du tout. Le jugement sur les porcs est gratuit, inventé par la discrimination des adultes racistes parce que les porcelets sont bien plus beaux que certains bébés humains.

Ma mère m'a offert un four pour ma cuisine, je n'y fais pas cuire des choses, *c'est trop dangereux* – ce que dit mon père, mais je me laisse imaginer et je peux manger des choses crues, comme des pommes, par exemple.

Il y a énormément de monde dans ma cabane, j'ai deux cent deux doudous et animaux-jouets, ils ont chacun leur prénom et je leur donne cours tous les jours à la maison, c'est pour ça que je suis fatiguée. Ce sont de très bons élèves, je leur mets tout le temps vingt sur vingt parce qu'ils sont gentils et autant se faire plaisir. Ça fait mal au ventre de se sentir en dessous des autres. Quand j'ai une bonne note, je le dis à mon père. Même si c'est un dix-huit il me demande pourquoi je n'ai pas eu vingt. On est un peu serrés avec tout ce monde mais ce n'est pas grave. Je préfère être serrée que me sentir trop petite dans une trop grande maison. Chacun a quand même un lit. Et puisque le four n'est pas un four qui cuit, les ours peuvent y dormir aussi.

Une cabane, c'est très important, on la construit toujours à partir de ce qu'on a sous la main. Dans ma cabane, j'ai un bureau pour faire mes devoirs, la boîte en carton du garage que mon frère a eu à Noël – j'ai mis une jolie nappe dessus. J'ai des lits-cagettes pour mes animaux-jouets que je construis quand mon père rentre du marché ou quand il me donne une caisse de vin vide. J'ai un ordinateur portable minuscule qui fait la taille de ma main et, pour la déco, trois fétiches en forme de singes que j'ai volés à mon père : un singe se bouche les oreilles, un singe se couvre les yeux et un singe se couvre la bouche.

Ma maison est au milieu d'une jungle de pommiers. Sur l'ordinateur de mon père, il y a un fond d'écran très beau, la photo d'une grande étendue de collines vertes avec un pommier au centre. Le vert y est vert comme nulle part ailleurs. J'ai fait promettre à ma mère de m'enterrer dans un fond d'écran comme celui-ci. Je préfère bien m'organiser. Je peux partir à tout moment. Mieux vaut vivre sur le terrain où l'on veut mourir. Je pense beaucoup à ma mort, depuis celle de Mémé où tout le monde s'est disputé pour décider de son enterrement. Personne ne lui a demandé ce qui l'aurait intéressée. Maintenant c'est trop tard pour le savoir.

Je suis installée au milieu d'une grande jungle de pommiers avec des pommes spéciales, des pommes dorées et des pommes toxiques – les pommes toxiques sont faciles à reconnaître, elles sont rouges avec des taches bleues. Ma maison est dans un arbre à pommes dorées. Il faut se glisser dans le tronc, par un toboggan on y arrive facilement. C'est un passage ultrasecret que moi seule devine.

La cabane reconnaît son constructeur et n'appartient qu'à lui.

Comme dans les films d'espionnage, un passage s'ouvre automatiquement à mon approche : une trappe au centre du tronc, j'y engouffre tout mon corps, tête la première et me laisse glisser le long d'un toboggan. J'atterris en zigzaguant sur mon lit. Je l'ai aménagé avec des planches au sol. Comme pour les animaux, mon lit est rudimentaire. J'aime imaginer que je suis une bête : un kangourou ou un ours polaire. Souvent, je suis un ours polaire juif qui fuit la guerre avec les Allemands. J'aime les jeux terrifiants où on est pourchassés. Les gens pourchassés sont souvent des héros. Je dois me cacher pour sauver ma peau parce que je suis un animal blanc qui se repère ultra facilement.

Il n'y a pas de blanc dans ma maison. Le blanc c'est la couleur de mon père. La couleur de sa peau, qui n'est pas la même que celle de sa mère et de sa sœur. Il y a deux côtés dans la famille de mon père, les blancs et les mats. Mon père et mon grand-père sont blancs et ma grand-mère et ma tante sont mates. C'est pareil chez les enfants, ma cousine est mate et moi je suis blanche. C'est un peu dommage, une peau sans couleur, mais *il faut être heureux avec ce que l'on a* – ce que dit mon père – *Il y en a qui n'ont pas cette chance*. Moi ça me rend triste de savoir qu'il y a des gens qui n'ont même pas de peau. Alors, oui, je suis contente au moins d'en avoir une.

Tous les murs de mon père sont blancs et c'est vraiment triste. Mais je crois que mon père est triste et ça, je ne le dis pas. Ou seulement dans ma cabane pour qu'il ne l'entende pas. Je sais qu'il est triste parce qu'il est en colère. Les gens en colère le sont souvent pour s'interdire de pleurer. Mon père est en colère contre ma mère parce qu'elle l'empêche de voir ses enfants.

Il y a deux côtés chez mes parents, celui qui crie et celui qui pleure. Mon père crie et ma mère pleure. Il crie qu'à partir de maintenant, si elle veut voir ses enfants, elle n'a qu'à venir les chercher dans sa grande maison vide. Elle pleure parce qu'elle n'a pas de maison dans la ville où nous habitons avec mon père. Alors, mon père cède et la laisse venir nous voir après l'école. Ma mère fait la baby-sitter. Elle vient nous chercher à l'école avec mes frères. On se balade dans les rues de cette ville, on est couverts de cadeaux. On est gâtés. C'est l'aventure parce que nous n'avons pas de point de chute, nous n'atterrirons nulle part et certainement pas chez ma mère. J'emmène le maximum d'animaux-jouets avec moi pour qu'ils voient du pays et ne restent pas bloqués entre quatre planches de cagette. Cachés dans mes poches, je leur explique que nous sommes en fuite et que c'est ce qui fait de nous des héros. La peur au ventre, je leur demande de se terrer bien au fond de ma veste car une fois repérés, ils seront punis et enfermés. S'ils pleurent et demandent à retourner à la maison, je les réconforte : *Je suis votre maison. Même si vous ne pouvez pas grandir dans ma poche, vous y êtes à l'abri des guerres du monde et c'est mieux comme ça.* Puis c'est l'heure de dîner et ma mère retourne à l'hôtel.

Dans ma maison à moi, les murs sont de toutes les couleurs.

Populaire

Je déménage. C'est la je-ne-sais-pas-combientième fois, maintenant je ne compte plus. J'habite chez ma mère, qui a trouvé une nouvelle maison avec énormément de couleurs. Ma mère a peint les murs en vert, doré, rouge et jaune avec de faux-reliefs. C'est son amoureux qui est fort en peinture qui a fait les faux-reliefs. C'est facile, il faut juste mettre beaucoup de peinture, utiliser une raclette comme si c'était un pinceau en étalant la peinture dans tous les sens. Cette maison, ma mère a mis longtemps à l'avoir et on sent qu'elle ne l'a construite que pour nous. Elle ne l'a décorée qu'avec des choses que l'on aime. Il n'y a pas de tableaux comme dans les maisons des autres adultes, mais des autocollants Pokémon sur les portes de notre chambre. Ma mère n'est pas vraiment comme les autres mères que l'on peut rencontrer à la sortie de l'école. D'ailleurs, elle n'aime pas parler avec les autres mères. Je sais que ma maison est la plus belle de toutes. Je n'ai pas encore vu les maisons des autres mais je ne pense pas qu'ils aient autant de couleurs et surtout pas des autocollants

Pokémon. J'espère qu'on va y rester longtemps dans cette maison.

J'ai une nouvelle école. Juste en bas de chez moi. Je peux voir la cour de récréation depuis la fenêtre de ma chambre. Je vois les maîtresses s'agiter et les élèves en petits points. J'en suis tellement proche que je peux, en ouvrant grand les yeux, les reconnaître. Je vois qui est qui et qui a le plus beau cartable. Je peux tout repérer depuis ma fenêtre.

Quand on arrivait en retard à table, mon père disait *le dernier arrivé est le dernier servi*. Comme j'arrive en cours d'année, j'ai peur de ne pas avoir ma part d'amis. Je sais que l'école c'est la guerre, il faut être fort tout de suite, dès qu'on arrive le matin, pour impressionner les gens. Petite, je pleurais les premiers jours d'école, maintenant je ne pleure plus, même quand j'en ai envie.

Avec mes frères, avant la rentrée, on a fait du repérage. Je les ai formés aux techniques d'espionnage et ils sont maintenant des espions du FBI européen. La cour des petits, celle où iront mes frères, est en matière rebondissante, le sol est mou et coloré. Une partie est couverte pour les jours de pluie, l'autre, à l'air libre, a un vrai terrain de jeux avec toboggan. La cour des grands, celle où j'irai moi, est grise comme le trottoir. C'est un terrain de foot. Ça m'impressionne parce que je ne suis pas du tout bonne en foot. Il y a, derrière, un petit jardin, mais les enfants n'y jouent jamais.

J'ai commencé l'école. Je ne joue pas au foot. Je viens de rencontrer une tribu. Une vraie tribu sauvage. C'est une tribu rebelle. Ce sont mes amis. J'espère que je vais les garder longtemps. Il a fallu se construire très vite parce qu'il y a un garçon, Léo Carpentier, qui est horrible. C'est un grand de CM2. Je n'ai jamais vu quelqu'un d'aussi méchant dans une école. Il se prend pour le meilleur et persécute les plus petits. Il a jeté un ballon sur Matteo l'autre jour et lui a dit *ON NE JOUE PAS AVEC CEUX QUI N'ONT PAS DE PÈRE* en détachant bien chaque syllabe pour un maximum de méchanceté. Ma mère dit que c'est un con. Elle a bien raison. Le père de Matteo est mort d'un cancer – ça, je le sais aussi de ma mère. Ma mère sait toutes les choses du monde et ne se garde jamais de me les dire. *Parce qu'il a trop fumé de cigarettes*, et elle tourne la tête vers son amoureux. Ses yeux coulent comme un regard triste de dessin animé.

La tribu s'est construite pour détruire Léo Carpentier. On est unis et indestructibles. On est sauvages. Il y a ce jardin à côté de la cour et au fond, dans les buissons, c'est notre campement. Ça ne fait qu'un mois, mais je suis déjà habituée à la vie dans les bois. On vit ici à chaque récréation. Tous les jours, on travaille à l'arrangement de notre cabane dans les branchages : on creuse un peu plus le tunnel, on tasse la terre au sol et la recouvre de feuilles pour rendre l'endroit plus habitable. On se fond dans le décor de notre habitation. On se peint le visage avec de la terre pour se rapprocher de notre nature animale. On s'entraîne à marcher à quatre pattes et à faire des sauts.

On s'appelle *les Yakalélos*.

On a établi des règles, qui sont propres à notre communauté. Par exemple, on ne communique pas avec les mots de d'habitude, mais seulement avec le mot *Yakalélo*. Une tribu a son propre langage, incompréhensible pour le reste du monde. Ça peut paraître compliqué, mais entre nous, on se comprend très bien. Il faut juste se regarder dans les yeux. Tout passe par le regard, les mots sont les outils des adultes qui nous coupent l'imaginaire. Si l'on se connaît bien, on n'a pas besoin de mots. N'importe qui peut faire partie de notre équipe du moment qu'il déteste Léo Carpentier et qu'il est prêt à se battre. Hier, on a pu s'entraîner à escalader l'arbre du jardin. J'y suis montée avec Matteo et quand on est arrivés en haut, il m'a dit qu'il était amoureux de moi. J'étais super fière. Je lui ai demandé pourquoi et il m'a répondu que je suis nouvelle dans l'école ; on choisit toujours les nouveaux comme amoureux. J'ai dit *d'accord*. J'ai maintenant trois amoureux. Même si ça m'embête d'être toujours la nouvelle, je suis contente que les gens m'aiment pour ça. Mais on n'a pas vraiment le temps de parler d'amour parce qu'on est d'abord et avant tout des guerriers. On construit des outils comme à l'âge de pierre, la plupart sont en cailloux et en terre. Les boulettes de terre nous servent de munitions contre notre ennemi. On se prépare à une attaque qui pourrait survenir à tout moment. L'idée, c'est que la prochaine fois que cette face de rat de Léo vient nous persécuter, on se retourne contre lui en l'attaquant par surprise.

Depuis deux semaines, il ne nous a pas attaqués, enfin pas comme on le voudrait. Il se moque de nous et nous lance des petites insultes. Quand il passe devant le campement il dit à ses copains, *regarde-moi ces tarés*. Mais il n'a pas osé y entrer. Ce n'est pas un hasard, on se moque toujours de ce qui nous fait peur et je sens bien qu'on est en train de gagner du terrain. Il recule déjà mentalement.

Je perds patience. Aujourd'hui, Léo joue au foot. Comme d'habitude, il se prend encore pour une star et j'ai envie de lui exploser la tête pour toutes les fois où il a tiré le ballon dans la mienne et dans celle des membres de ma tribu. Il est temps que nos munitions nous servent à quelque chose ; il est temps que je prouve à ma tribu que je suis brave. Je prends une boulette de terre. Léo Carpentier, avec sa tête parfaite, toute ronde, la tête des gens trop parfaits qui sont vraiment des cons, est là, au milieu de la cour, rien qu'à le regarder courir on voit comme il se prend pour le roi du monde avec sa tête d'enfant benêt comme on en voit dans les publicités *Ketchup*. J'attends qu'il s'immobilise.

Il s'est arrêté et sa bouche est grande ouverte, il rigole avec toutes ses dents de son sourire méchant et VLAN ! la boulette arrive en plein dans sa gueule. C'est énorme, c'est comme un ralenti quand on marque un but. Il a les yeux tout écarquillés comme mon chat quand il regarde foncer, droit sur lui, ma voiture téléguidée à trois roues.

Puis, rien. Un silence de mort.

Et soudain tous les Yakalélos rient aux éclats, ils tournent vers moi des visages comme des soleils et des bouches grandes ouvertes qui font *WOW*. Je me sens brûlante de chaleur. Je suis hyper puissante. Toute la cour le regarde cracher de la terre. Je lui crie *YAKALÉLO YAKALÉLO*. Les autres membres de la tribu reprennent en chœur *YAKALÉLO YAKALÉLO* – comme dans un stade. Il balaie son visage de chat baba, fonce vers moi avec des yeux fous et me soulève de terre – je n'ai pas le temps de comprendre – il me plaque contre la grille en me tenant par le col, il tire mes nattes, me soulève par les cheveux et me dit, entre ses dents de vampire-alligator : *Yakalélos-de-merde*. Il insiste sur chaque mot et je sens chaque cheveu qui s'arrache de mon crâne – est-ce que ça saigne ? J'ai mal. Très très mal – je ne me suis jamais cassé aucun os dans ma vie, aucun, je ne sais pas ce que ça fait – maintenant je crois que je comprends quand papa disait qu'une jambe cassée ça fait un mal de chien horrible. Je ne lui dis rien. Je le regarde droit dans les yeux derrière ses lunettes de terre et je souris. Je souris parce que j'ai ma tribu qui me regarde, parce que je dois être brave, parce que je n'ai pas peur de la torture. C'est mon pire ennemi. Je le hais tellement que si mes yeux étaient comme ceux des superhéros, je pourrais le désintégrer, le réduire en cendres, par la puissance optique. Je sens les yeux de tous les Yakalélos sur moi. Je sens leurs cœurs qui battent la chamade dans le mien. Je représente ma tribu. Je suis une martyre.

Je crois que c'est le plus beau jour de ma vie.

Nom d'un bateau

Mon amie surveille la mer, ses boucles blondes fouettent son visage. Elle plisse les yeux et tente de maintenir le cap. Dans les bateaux, les traversées sont longues et il n'y a pas grand-chose à faire. On n'est pas toujours en train de conduire, de *tenir la barre* – ce que l'on dit.

On se relaie entre membres de l'équipage. Pendant que l'un navigue, les autres se reposent. Résultat, on passe de longues heures de solitude. Être à la barre, c'est être celui qui choisit la direction du voyage. Le vent tourne vite, la direction que l'on prend change constamment, c'est pourquoi on garde toujours les deux mains sur la barre. Un bon capitaine fait des promesses. Il fait semblant de connaître la destination. Je m'agrippe au volant, l'oriente à droite, à gauche, pour que mon amie, dans ses cheveux emmêlés, dorme sur ses deux oreilles.

Dans le salon de ma mère, avec mon amie, qui est aussi ma voisine mais qui est surtout mon amie, on a créé ce bateau-lit. Le canapé marron nous sert de coque et de grandes couettes forment un toit comme les voiles. La chambre d'un bateau, c'est un lit. Il n'y a pas de place pour mettre un bureau, un tapis circuit de course ou des jouets. Un bateau, plus c'est petit et léger, plus ça vogue vite, alors il faut s'en tenir au strict nécessaire. La chambre c'est un lit, un point c'est tout. Notre bateau-lit, on l'a monté tout autour de nos matelas et je cache mes affaires personnelles sous mon oreiller, dans les renfoncements, contre la coque. J'aime bien l'idée que toute ma vie tienne dans un si petit espace. Les bateaux-lits ce sont des bateaux dans lesquels les voyages sont tellement longs que tu passes des journées entières dans ton lit. C'est comme si tu étais malade, enfermée sous ta couette, sauf que tu es une aventurière et pas malade du tout. Je le sais parce que mon père fait de la plongée sous-marine et voyage beaucoup dans des voiliers – un de ses meilleurs amis s'est fait mordre la main par un requin et un autre a été perdu en mer et a dû nager cinq heures pour retrouver la terre ferme. J'ai une dent de requin autour du cou. Une dent de requin-tigre. C'est comme une canine d'humain avec des minicanines tout le long de la dent. Une dent en scie. Mon père me l'a offerte. Il m'a aussi offert un serpent gonflable bleu et rose, avec un ventre jaune. C'est un serpent des mers. Il y en a énormément en Australie, c'est très connu. Ça ressemble aux bonbons crocodiles *Haribo* en beaucoup plus long et sans pattes, évidemment.

Dehors, c'est la tempête. Tellement fort qu'on a l'impression que la coque est en papier. Le vent souffle à dévisser les têtes. La pluie tombe violemment. Chaque goutte fait le son d'une enclume qui s'abat contre la voile. Les vagues nous font rouler pêle-mêle à gauche, à droite, nous soulèvent vers le ciel, plus de gravité, on s'envole vers les hauteurs, notre cœur resté accroché en bas et on retombe rudement s'écraser contre l'eau rigide comme de la pierre. On est effrayées et grisées à la fois, parce que dehors c'est la catastrophe mais que nous, nous sommes en sûreté, dans notre lit. C'est l'aventure, on sait qu'on risque notre vie mais qu'on ne mourra pas tout de suite puisqu'on est les héros du film. On reste prudentes, on ne sort pas sur le pont.

Dans ces moments-là, on pense très fort à nos amoureux, restés au pays. Ils nous manquent alors on les appelle. On appelle nos amoureux, pour leur raconter notre aventure parce qu'on n'en peut plus, au bout d'un certain temps, de parler à notre compagnon de voyage. On parle du futur, quand on retournera dans leurs bras et c'est ce qui nous fait tenir tout au long du périple. Ils ne nous disent que des choses gentilles parce qu'on est loin et leurs mots doux nous donnent du courage pour passer le mauvais temps de la tempête. On imagine ce que ce serait de les retrouver. On imagine traverser la mer avec eux. On a un très long trajet alors on passe la nuit entière à faire les amoureuses dans nos lits.

Le serpent des mers, j'imagine que c'est mon amoureux. On n'arrête pas de s'embrasser et de dire *mon amour*. Je m'allonge sur lui, il fait tout le long de mon corps. Mon amoureux imaginaire-rêvé ressemble au prince Éric de *La Petite Sirène* : le seul garçon de dessin animé vraiment beau. Il a un anneau à l'oreille et des cheveux noirs, comme mon papa. Je dis *mon amour*, il me répond *mon amour* et je l'enlace comme le font les adultes qui s'aiment au cinéma. Il est entre mes jambes et mes jambes autour de lui. Il a la vraie chaleur d'un corps, la même qu'on sent quand on rentre de vacances et qu'on retrouve sa maison. Je resserre mes cuisses autour de lui, avec mon front je le caresse et tout son corps s'enfonce contre le mien. Il me soulève au rythme des vagues, remonte dans mon cou et retombe entre mes cuisses. Il navigue contre moi, entre mes jambes, de plus en plus fort, avec la tempête. Au fond, en bas de mon ventre, il y a une boule de feu. J'ai chaud, je transpire. Le front en plastique de mon amoureux a de la sueur aussi, je me suis essoufflée contre lui. Une buée qui sort de la gorge, la même que les jours très froids d'hiver mais brûlante. Je ne sais pas vraiment si c'est en se frottant qu'on s'aime. Je me sens molle, comme juste avant de m'endormir. Je le tiens bien contre moi, entre moi, mon amoureux et j'imagine plus tard, comme ça doit être bon d'être un adulte dans un bateau-lit à se faire des caresses. Le prince Éric me serrant dans ses bras, accroché à mon ventre. Il me ferait des bisous sur tout le tour du visage qui me raconteraient que je suis magnifique.

Quand on voyage en amour, on se sent super – comme une espèce de roi ou de reine. J'ai hâte de vieillir pour m'enfermer toute la journée dans des bateaux-lits. Peut-être qu'on n'a pas besoin d'avoir un amoureux – juste de construire une cabane et d'avoir un serpent des mers avec lequel on imagine l'amour-rêvé.

L'amour-rêvé, je ne sais pas trop à quoi ça ressemble. Je ne me souviens pas de mes parents avant qu'ils soient deux personnes aussi différentes. Je me demande s'ils s'enlaçaient avant que je me souvienne. Je ne pense pas qu'on puisse faire l'amour-rêvé quand on est un adulte. Ma mère a un amoureux mais ça ne ressemble pas du tout à ce qu'on voit dans les films, ni à ce qu'on imagine avec un serpent des mers. Mon père, je ne sais pas vraiment s'il rêve. Il est souvent en voyage. Les parents de mon amie c'est pareil, ils passent beaucoup de temps à se faire la guerre.

C'est la première fois que je joue à l'amour et que c'est aussi vrai. Que j'imagine aussi bien. C'est exactement comme si j'étais tombée amoureuse. Peut-être que je le suis et que je ne sais pas encore de qui. Ce que je sais, c'est que c'est incroyable. C'est un sentiment si fort que je suis sûre qu'il faut que ça reste un sentiment secret. Ce qui se passe dans la cabane de notre lit, reste dans la mer. Je sens que je ne dois pas le dire, pas le raconter. À mon avis, les amoureux ne s'enferment pas dans des bateaux-lits pour rien. Justement pour que ça ne soit pas vu – pas dit. Peut-être qu'avant de nous avoir, mes parents se cachaient aussi dans des barques. Peut-être que les enfants détruisent les amoureux. Peut-être que le monde entier veut détruire l'amour. Alors les amoureux doivent se construire des cabanes pour survivre. Ils doivent être une tribu de deux personnes. C'est sûr.

Idée de misère

Ma mère n'a jamais ressemblé aux autres mères que l'on peut croiser à la sortie de l'école. Ma mère ne se ressemble plus vraiment. Un fantôme. De toutes les pièces de la maison, elle a disparu. Ma mère joue à l'amour-imaginaire-rêvé sous sa couette sauf qu'elle n'a rien d'une aventurière. Elle n'a rien d'une reine. Elle n'a rien d'une mère. Depuis peu, elle est comme absente. Elle ne sort pas de son lit.

Ce matin je viens la réveiller, elle ne bouge plus, elle dit que quelque chose lui est tombé dessus. Elle dit, *je suis assommée*. Elle prétend qu'elle s'est cognée. Je sais que c'est un mensonge. Je lui demande *contre quoi t'es-tu cognée, Maman ?* Ses yeux roulent bizarrement vers le bas, sous le poids de ses paupières, deux enclumes. Sa voix est passée sous un tracteur. Je sais que ce n'est pas ma mère qui me parle. Avec ses yeux qui roulent elle me répond que *le tableau, là, c'est le tableau* qui lui est tombé sur la tête. Je lève les yeux, le tableau est toujours accroché au mur. C'est son amoureux qui est très fort en peinture, qui a peint le tableau. On y voit une multitude de carrés de couleurs. Ce tableau, c'est la joie. Je me demande comment il a pu tomber sur la tête de ma mère et venir se raccrocher au mur tout seul. Je pense à *Merlin l'Enchanteur*, les meubles volent à travers la pièce. Je regarde à nouveau ma mère, qui, en apparence, n'a rien d'une magicienne.

Ma mère est malade. Je crois que c'est une maladie de fatigue. Elle travaille énormément et a beaucoup de choses à gérer. C'est très récent, cette situation, ma mère qui dort. Avant, ma mère courait partout. Elle courait au travail. Courait aux courses. Courait à l'école. Courait à la cuisine. Ça m'inquiète fortement qu'elle se soit arrêtée de courir.

Je m'assois sur son grand lit qui m'avale tout entière. Le lit de ma mère est gigantesque et mou. Je ne viens pas souvent dans son lit. Je sais que les enfants comme nous ne doivent pas monter dessus. C'est le lit qu'elle partage avec son amoureux et il est le seul enfant à pouvoir l'occuper. Je m'assois sur le bord, tout au bord, pour rester à demi à la surface. Je cherche le bras de ma mère sous la couette pour qu'elle s'agrippe à moi. Je touche quelque chose de mort. Je lui dis : *Maman, c'est moi qui vais courir. Ne t'en fais pas. Je courrai aux courses. Courrai à l'école. Courrai à la cuisine. Courrai au travail. Repose-toi. Dors, Maman.*

Ma mère sent bien que je suis inquiète. Elle me rassure, elle ne va dormir que quelques minutes. Elle a seulement besoin d'un peu de temps pour récupérer car elle s'est cogné fortement la tête. Ma mère est toute pâle. Je dis : *Maman, regarde ta couette elle est orange. Regarde tes rideaux, ils sont roses. Maman, réveille-toi, tu es toute blanche.* La chambre de ma mère, comme le reste de la maison, est de toutes les couleurs. Les murs verts recouverts des tableaux de son amoureux. Il y a mis beaucoup de couleurs. Ça ne suffit pas. Ma mère devient de plus en plus incolore.

Soudain, le bras mort de ma mère se redresse et s'enroule autour du mien. Ma mère pleure sans larmes et sans bruit. Elle me dit que son amoureux a une autre amoureuse. Je ne comprends pas pourquoi cela la rend triste. J'ai trois amoureux, moi. Trois amoureux qui eux-mêmes ont d'autres amoureuses. Ça n'a jamais été un problème. Je ne le dis pas à ma mère. Je sens bien que ce n'est pas le moment. Elle me dit qu'elle est vieille, qu'elle ne sert plus, comme un vieux chiffon trop troué même pour effacer les taches, il faut la jeter à la poubelle.

Je suis assise à ses côtés mais, c'est étrange, c'est comme si elle ne me voyait plus. Son corps à disparu sous la couette, je ne vois que sa tête avalée par l'oreiller. J'hésite à soulever les draps, pour vérifier si le reste est bien là. Le reste de ma mère. Je n'ose pas, j'aurais peur de la casser, elle a l'air si fragile.

Sous la couette, son amoureux n'est plus là, depuis un bout de temps. Il est souvent disparu. Quand il s'absente, il devient mauvais. Je le sais par ma mère. *C'est un enfant*, elle me dit. Bien que malgré ses bêtises, elle ne le punisse jamais.

Je voudrais offrir un serpent multicolore à ma mère pour qu'elle n'attende pas l'amour, vidée de sa couleur, dans son lit.

Ma mère prend des potions magiques qui lui font tourner la tête comme si elle recevait sur le visage des chocs assommants. Elle met vraiment beaucoup d'efforts à m'expliquer les choses du monde des adultes. Elle me parle de plantes qui font dormir, de potions qui calment les mères. Je voudrais lui dire d'y aller mollo sur les potions car je n'ai jamais vu de mère aussi calme mais je répète : *Dors, Maman. Tu es malade.* Je lui apporte ses potions au lit, elle les gobe et elle redresse la tête : *Je ne me sens pas assez...* Je fais semblant de comprendre. *Maman, tu ne sens rien parce que tu es malade, endormie sous ta couette. Mais demain tu iras mieux et bientôt tu sortiras du lit. Ne t'en fais pas. Dors, Maman.*

C'est fort probable que ma mère soit une sorcière. J'en suis une, moi. Comme on dit : *telle mère, telle fille*. Si ma mère fait valser les meubles toute seule, boit des potions et change de couleur comme un caméléon, ce devrait être une chance.

Telle mère, telle fille. Je cours tous les jours. Je suis exactement comme une mère pour sauver la mienne. Je mets beaucoup d'effort dans mon rôle d'adulte. Je vais à la sortie de l'école et je fais comme les autres mères, des faux sourires et des éclats de rire silencieux. Je fais presque aussi bien. Si on embête mes frères, j'attends les méchants à la sortie, je les saisis par le col, je les soulève de terre et je les terrorise comme Léo Carpentier. Ça me va bien cette comédie. Je me sens puissante. C'est moi qui mène la barque. C'est moi qui commande. *À table !* Le dernier arrivé sera le dernier servi. Si mes frères ne m'obéissent pas, je les gronde et les enferme dans notre chambre. Pas le temps de jouer en ce moment à autre chose qu'à la Maman. Je m'efforce de nous donner l'air d'une famille à part entière. La vie va normal sous presque tous ses angles. Presque. Car du côté de son lit, ma mère ne remue toujours pas. Elle n'est plus vraiment là.

Une amie de ma mère, qui ressemble à un héron, est venue aujourd'hui, et je profite de ce que les adultes se parlent différemment. Ma mère sait toutes les choses du monde. Parfois je souhaiterais qu'elle se passe de me les dire. Je suis trop petite pour saisir tous les mots qu'elle choisit pour moi. Je colle mon oreille contre un verre que je plaque contre la porte de sa chambre. Je suis impatiente, c'est la première fois que je m'y essaie. C'est une méthode d'espionnage. Grâce à cette tactique, l'espion peut entendre tout ce qui se passe de l'autre côté du mur, comme s'il se trouvait dans la pièce. J'entends assez mal. Je retire le verre en plastique, peut-être en faudrait-il un en verre. Je vais pour me lever et en changer à la cuisine quand la porte grince et s'entrouvre de deux ou trois centimètres. Je suis à demi accroupie, arrêtée dans mon élan, je n'ose pas me lever et être démasquée en pleine mission. Je regarde à travers l'ouverture et vois l'amie de ma mère, cette femme toute maigre, pencher son long cou d'oiseau vers elle. Elle sourit en fermant les yeux et roucoule *je sais, ma chérie, je sais*. En voilà une au moins qui comprend ma mère. Elle me regarde : *Mais il faut que tu aies envie d'aller mieux, pour tes enfants.*

Il semblerait que ma mère n'ait pas envie de guérir. Il semblerait que ma mère ait envie de disparaître sous sa couette pour toujours. Il semblerait que ma mère ne veuille pas se réveiller.

Petite chambre, dans un navire de guerre

Ma chambre est un univers autonome. Dans ma chambre, il y a tout un tas d'opérations magiques qui se mettent en place. Seuls mes frères et moi sommes témoins du secret. Ma mère et son amoureux n'y rentrent jamais ou seulement pour dire *bonjour - bonne nuit*. C'est le règlement intérieur de notre chambre. Il s'impose de lui-même, pas besoin de le rappeler, les adultes l'entérinent d'office. Plusieurs fois, dans cette chambre, Dieu est venu me parler, à moi et à moi seule et personne ne le sait. Il vient poser sa barbe blanche sur les rebords de ma fenêtre et il n'a pas de corps. Il me parle de tout et de rien, de sa fatigue de tout gérer et d'être transparent pour le reste du monde. Je suis sa seule et unique confidente. Depuis trois semaines, je laisse moisir des peaux de clémentine dans une boîte derrière mon lit pour observer scientifiquement leur décomposition et il n'y a que mes frères et moi qui sommes au courant de l'expérience. Le monde des adultes ne pénètre pas notre chambre. Le monde des adultes se trouve dans toutes les autres pièces de la maison mais pas ici. Partout sauf ici. Partout les adultes font leur vie d'adultes et leurs discours d'adultes mais ici nous ne recevons pas leur fréquence. La chambre ne capte pas leurs histoires ou seulement par bribes, par intermittence quand leurs histoires sont vraiment très bruyantes, quand ils montent un peu trop fort le son de leur station.

Quand le signal est puissant, comme ça arrive de plus en plus souvent ces derniers temps, on met toutes nos forces, mes frères et moi, à bloquer ces interférences. Ça demande énormément d'énergie de concentrer tout son mental sur un monde parallèle, un monde sourd à leur musique assourdissante. On se concentre très fort sur ce qui se passe dans la chambre. Très fort, on joue. Très fort, on ignore. Je me fais la belle. J'incite mes frères à faire de même. Je suis comme le singe statuette qui se couvre les oreilles et je finis comme celui qui se masque les yeux. Je ne vois pas ce qu'il se passe entre les adultes puisque je n'entends rien. Je suis dans une chambre magique où mes frères et moi réalisons des choses extraordinaires.

Nous sommes des enfants particuliers. Personne ne nous ressemble, personne n'a une maison comme la nôtre avec des autocollants Pokémon sur les portes de sa chambre, personne ne voyage dans des pays où les bateaux voguent vers le large, conduits par la sorcellerie, personne n'a de pouvoirs magiques pour communiquer avec ses animaux-jouets, personne n'est le porte-parole et le confident premier de Dieu, personne n'a vu Dieu, personne ne sait qu'il existe, que la magie existe, qu'on peut devenir étranger à un monde pour évoluer dans un autre, personne ne croit que le monde que l'on imagine est peut-être plus vrai que le monde dans lequel on mange et on va au collège, personne ne pense que le monde n'existe pas, personne ne s'enferme dans des bateaux-lits pour rencontrer l'amour, personne ne connaît vraiment l'amour, personne n'a d'amoureux-rêvé, personne n'a une mère qui sait toutes les choses du monde des adultes et qui est prisonnière de ce monde comme une enfant, personne ne regarde sa mère pleurer dans son sommeil tous les jours et tous les soirs en essayant très fort de l'imaginer comme une enfant particulière, en essayant très fort de la faire voyager dans un monde où les amoureux-imaginaires sont bien plus gentils que les amoureux réels et où être une tribu de deux personnes fait de vous des héros, personne ne vit dans un univers magique où, même les membres de notre famille sont des personnes dont on doit se méfier, personne n'a compris que parfois les adultes sont de vrais monstres.

C'est un secret qui ne doit pas être révélé. Dans le monde des adultes, dire la vérité, la vraie, ne nous conduirait pas dans des bateaux-lits mais sur des divans à motifs de vieilles personnes riches qui poseraient des questions jusqu'à ce qu'ils trouvent une vérité la plus vraie possible qui transformerait nos yeux en rivières, et nous ferait renier notre famille, et quitter notre maison.

J'ai bien assez de force et des mains assez conséquentes pour me boucher les oreilles et me couvrir les yeux. Même si parfois ces grandes mains rêvent de quitter ce petit corps pour étrangler l'amoureux de ma mère et détruire le monstre de la maison, elles finissent toujours par s'amollir et se rejoindre, paumes vers le ciel, incurvées, prêtes à recevoir les larmes d'une mère et les mots du monde des adultes qui tordent le ventre.

Il y a des jours où malgré toute la sorcellerie, toutes les mains que l'on se pose sur les oreilles, tous les doigts que l'on se met dans l'œil, le monde des autres parasite notre sanctuaire. Toujours le même problème d'avoir une maison magique dans un monde d'adultes, une petite chambre dans un navire de guerre. La guerre fait rage à l'extérieur et parfois les parois de la cabane ne sont pas assez solides pour étouffer tout le bruit. Parfois, le bruit de la guerre, même si on sait qu'il ne nous atteindra pas, nous fait peur. Parfois le monde extérieur déborde.

Ma mère crie.

C'est la guerre.

Quand elle commence je reste loin, les mains sur les oreilles, concentrée sur notre chambre. Il faut un endroit clos. Parce que ce qui se passe dans la maison pourrait déborder mais débordera moins dans une pièce fermée. Je lance un jeu avec mes frères : dehors c'est la tempête, c'est la guerre, c'est tout ce qu'on veut. Ça ne passera pas. Je bloque la porte avec la grande chaise verte. Mais toujours, ça déborde un peu. Même dans toutes les chambres fermées du monde, même avec beaucoup d'imagination, beaucoup de mental, beaucoup d'autres choses qui font voyager l'esprit, qui font qu'on ne se sent plus vraiment dans la maison. Même avec ça, ça déborde.

Ma mère m'appelle.

C'est la peur.

J'ai l'impression que mon corps va exploser. Je retiens mon souffle et c'est comme si, à la moindre respiration, si je manifestais le moindre signe vital, toute la peur que je contiens pouvait sortir, elle jaillirait de moi et me détruirait instantanément. Comme si j'avais atteint le palier ultime de l'effroi. Un souffle plus haut, je me désintègre. C'est comme une forme de paralysie. Je ne sens absolument rien, ou j'encaisse beaucoup trop. Je me demande si dans ce qu'on appelle les situations extrêmes on ne serait pas toujours à égale distance d'un bord ou de l'autre, du blanc et du noir. Comme lorsque l'on se brûle très fort et qu'on ne sait pas si c'est glacial ou brûlant. Je ressens tout trop fort, je ne sens absolument plus rien. Absente à l'extérieur, en dehors du monde, mais trop présente à moi-même. Mon cœur bat partout.

Partout.

On dit souvent *battre la chamade*. Moi j'imagine mon corps comme un flipper avec mon cœur qui bat dans tous les coins, qui rebondit plus ou moins fort à certains endroits. La chamade, j'imagine ça comme ça, quelque chose d'emballé et d'irrégulier. Là, ce n'est pas la chamade. C'est le battement du cœur, homogène, je voyage en moi-même comme dans le dessin animé *Il était une fois... la vie*. Il bat pareil dans mes oreilles que dans mes genoux, que dans ma cage thoracique et c'est tout. Littéralement, c'est tout ce qu'il y a. C'est tout ce que je sens depuis que ma mère a appelé à l'aide pour la première fois. Depuis qu'elle m'a demandé d'appeler la police.

Mais le monde des adultes ne pénétrera pas notre chambre. Il ne doit pas. La guerre, c'est dehors, pas ici. Elle n'est pas là. Moi, je ne bouge pas. Je vois quelqu'un qui me ressemble beaucoup, qui prend le téléphone et compose le numéro dix-sept, qui attend, écoute une annonce que je n'ai jamais entendue avant, entend et comprend une question. Je voudrais dire quelque chose mais je ne peux pas, je suis devenue comme le singe qui se couvre les lèvres, je suis devenue un battement de cœur.

Allô ?

Je ne veux pas pleurer des rivières sur des divans à motifs.

Allô... ?

Ma mère sait toutes les choses du monde et peut très bien se défendre toute seule.

Allô... ?

La personne qui me ressemble beaucoup explique avec une voix que je ne connais pas ce qu'il se passe. Peut-être qu'elle a peur que le monstre tue ma mère. Peut-être qu'elle a envie de pleurer des rivières. Elle donne l'adresse de la maison, raccroche et disparaît. Je suis toute seule maintenant : singe bizarre, oreilles sourdes, bouche fermée, les yeux clos.

Ma mère pleure.

C'est la rage.

Je mets très, très longtemps à sortir de la chambre. Je vais en singe à la guerre et reste dans le couloir près de la porte de la cuisine. Mes mains, même molles, ont des envies de meurtre. Ma bouche dit les mots des adultes qui tordent le ventre, elle envoie des flèches pour crever le cœur du monstre, mettre fin à la guerre. J'entre dans la cuisine.

Ma mère s'est tue.

Je ne suis plus un singe, j'entre sur le champ de bataille les yeux grands ouverts, les oreilles dressées sans me couvrir la bouche. La guerre est là, le monstre aussi et ma cabane, elle, n'existe plus. Elle a été détruite par un signal radio trop puissant.

Mais je ne suis plus un singe, je n'ai plus peur.

J'ai grandi.

En parlant d'une ancre 1

Je me rappelle. Ma maison est petite. Je ne suis pas bien grande. À la maison, on ne parle pas la même langue que les autres. On a quitté notre pays quand j'étais si petite que je doute que le voyage ait réellement eu lieu, qu'on ait jamais été autre chose que des étrangers. On s'efforce d'être une famille à part entière – ce que dit ma mère. Mes parents m'ont offert des Playmobil *marins. Je ne joue pas avec. Je les trouve moches avec leurs têtes carrées mais j'aime les accessoires. Je fais glisser une petite ancre, sur la toile cirée de la table de la cuisine. Derrière, dans le couloir, mes parents jouent dans les escaliers. Ma mère fait semblant d'être muette et mon père pleure avec des fausses larmes et répète en riant « Tu es folle ». Mes frères sont des bébés. Je ne joue pas avec eux. Je les trouve moches avec leurs têtes toutes rondes et je n'aime pas les gens qui n'ont pas de cheveux. Moi, je suis un marin, je balade mon ancre dans une mer de losanges.*

Je m'ennuie. Je lève l'ancre et je la gobe, je la fais circuler à l'intérieur de ma bouche, du bout de ma langue, sans l'avaler. L'ancre n'est pas arrimée, elle se balade seule, sous mon palais en suivant les va-et-vient de ma langue. Je ne l'avale pas. Alors, plus je réussis, plus j'augmente le risque, plus j'étire ma langue vers mes amygdales pour rapprocher l'ancre du fond de ma gorge. Ce qui devait arriver, arrive : j'avale l'ancre.

Je dis « J'ai avalé une ancre » et leur jeu s'arrête aussi net, je déclenche une panique générale. Mon père et ma mère doivent m'emmener à l'hôpital parce que c'est grave.

À l'hôpital, mon père est très soucieux, à la différence du médecin qui m'examine, qui m'annonce que les suites de ce terrible incident se régleront aux cabinets. On rentre à la maison et mon père part au travail. Le soir, il ne rentre pas. « Ce n'est rien de grave », dit ma mère.

Les jours qui suivent, à chaque fois que je vais aux toilettes, je guette désespérément l'ancre, en vain, je ne la reverrai jamais.

Depuis, mon père n'est plus revenu. Il est retourné dans un pays où tout le monde parle notre langue. Je demande si on va partir nous aussi, si on va cesser d'être une famille à part entière. Ma mère répond que oui, on ira dans ce pays, mais sans elle. On ira parler notre langue dans ce pays et on reviendra ici parler avec elle. On aura maintenant deux familles bien différentes. À part.

La demeure

Ma mère et moi sommes une seule et même personne. Je suis bien la fille de ma mère. À force de jouer son rôle, je suis devenue comme son ombre. En courant de toutes mes forces vers elle, je l'ai tirée du lit. Je suis à la barre de la demeure avec elle. Entre membres de l'équipage, on se relaie. Je ne perds plus mon temps à faire moisir des fruits sous mon lit. J'ai arrêté de parler à Dieu qui, de toute façon, ne s'est jamais vraiment intéressé à moi. Quand ma mère a ses traversées de douleur, je l'allonge dans son lit gigantesque. Je monte devant, tout au bord et je garde le cap. En tant que tribu-équipage, on a dû s'assembler très vite parce qu'*on est des femmes dans un monde d'hommes qui ne nous valent que des emmerdes*, comme le dit ma mère. Elle a bien raison. Nous, les femmes-mères, on sait toutes les choses du monde et c'est pour cela que l'on doit courir partout.

Je suis un peu comme son bras droit, je fais les mêmes choses que ma mère. Je l'assiste. C'est une femme d'affaires, pas une femme de maison, comme les autres mères que l'on peut voir à la sortie de l'école. Ma mère ne ressemble pas non plus aux mères que l'on peut voir à la télévision, dans les publicités pour la lessive, avec leur tête de femme parfaite qui sont vraiment des connes. Ce n'est pas du tout son genre. On n'est pas ce genre de famille. Chez moi, on n'a pas le temps de faire des tartes à la tomate et des balades à vélo comme la nouvelle famille de mon père. Chez moi, on n'a pas le temps de faire semblant avec des rires silencieux, on porte des hommes et des emmerdes. On est modernes.

En ce moment, je suis vraiment heureuse parce que ma mère et moi, on est seules. Son amoureux n'est pas là et c'est ainsi que je la préfère. Il y a mes frères c'est vrai, mais ils sont encore jeunes, je me dis que si je m'en occupe bien, je réussirais peut-être à en faire des femmes-mères, comme nous.

Les mercredis, ma mère ne travaille pas et je suis avec elle. Le plus souvent dans le salon comme aujourd'hui, on règle des choses. Ma mère me donne des missions, je les exécute. Je trie les papiers qu'elle me tend et les dépose sur des piles qu'elle me désigne du menton. J'écoute tous ses messages téléphoniques, je lui fais un bref compte-rendu et elle décide selon : archiver ou supprimer.

Tant de gens appellent ma mère. Moi je parle aux trois mêmes personnes tous les jours sur mon portable et au collège. On dirait que le monde entier la sollicite. Je ressens de la fierté, je l'avoue, à être son associée. Je me sens grande. Il y a les gens qui veulent des rendez-vous, l'amie au cou long qui veut parler, la compagnie de téléphone qui veut lui faire une offre, les clients aux accents bizarres qui passent commande, des hommes au ton sec qui se prennent pour des chefs, Mamie qui dit toujours comme il fait beau chez elle alors qu'à chaque fois qu'on part la voir en week-end, il pleut, mon père qui appelle pour nous parler. C'est la vie normale. Ce sont les affaires.

Il y a parfois des messages hors du commun. Celui-ci, c'est la police. J'ai bien assez grandi pour comprendre que si la police appelle, ce sont des affaires d'hommes qui ne nous valent que des emmerdes. Je reconnais la voix très solennelle qui parle toujours comme si les emmerdes faisaient partie intégrante de la vie normale. La voix veut annoncer à ma mère qu'ils ont retrouvé son conjoint. Actuellement en détention. Qu'ils attendent son appel.

Maman je dis avec la voix de la petite fille que j'étais avant de grandir. Ma mère sort le nez de sa paperasse et m'interroge du regard. Je ne sais pas quoi lui dire. J'hésite. Je pourrais lui dire que ce n'est pas important. Que c'est encore de la publicité. Je pourrais ne rien dire et juste presser sur 2 pour supprimer. J'entends la boîte vocale énoncer les différents choix possibles : *pour archiver tapez 1, pour supprimer tapez 2.* Je n'aurais qu'à taper 2. Je pourrais taper 2, on n'en parlerait plus. Ça ne fait que trois jours que son amoureux a disparu. C'était, j'ose à peine le penser, les trois jours les plus doux de ma vie d'adulte. Si je pressais la touche 2, juste une fois, est-ce que je le supprimerais pour toujours, est-ce qu'il ne reviendrait plus à la maison ? S'il ne revenait pas à la maison, ma mère serait triste, c'est vrai, mes frères aussi, mais avec le temps, tout le monde oublierait.

L'amoureux de ma mère, il est bizarre, il n'est pas comme les autres adultes que l'on peut rencontrer à travers le monde. Il a, c'est vrai, quelque chose de charmant. Il est fou. Les gens apprécient les fous parce que c'est avec eux que l'on voyage et fait la fête. Le fou, c'est celui qui défend toujours les enfants. L'amoureux de ma mère la calmait sur les punitions, l'encourageait à toujours choisir l'option la plus amusante de la vie. Un jour qu'il jouait l'homme-père avec nous, on a eu le droit de regarder trois films d'affilée sans réfléchir à l'heure du coucher. C'était vraiment toujours la fête. C'est celui qui défend toujours les adolescents. La musique que j'écoute, c'est lui qui me l'a fait découvrir. Quand je demande à ma mère de me laisser sortir, il fait toujours en sorte qu'elle soit d'accord. Avec lui, je peux parler sans jugement adulte. Bien sûr, ce n'est pas un adulte. Oui mais voilà, moi, j'ai grandi. Et depuis, même si c'est ma famille, je ne l'aime plus. C'est facile de toujours choisir l'option la plus amusante de la vie, c'est facile de vivre comme un fou. Facile de toujours faire l'enfant pour ne jamais se ranger chez les adultes. Facile de ne rien porter. Facile d'aimer aussi, de dire des mots gentils comme des caresses et d'être à l'heure pour dîner à table. Facile d'être une famille publicitaire. Facile de ressembler à celle de mon père. Ce n'est pas ma maison qui m'a permis de grandir, c'est la répétition. C'est quand les choses s'installent et demeurent depuis des lustres qu'on arrive à cours de solutions imaginaires, qu'on arrive au bout du désir de voyage. Je n'ai plus envie d'avoir à fermer la porte de ma chambre avec une chaise. Je voudrais que le monstre s'en aille et que toute ma maison soit ma chambre et mon domaine. Je voudrais maîtriser l'espace.

Depuis que je suis devenue une femme-mère et le bras droit de la mienne, il n'est plus mon beau-père mais mon pire ennemi. C'est comme dans *Time Crisis* : on a le pistolet en main et très peu de temps. Tuer ou être tué. C'est comme ça. Il sait que je veux taper 2 depuis un bout de temps, il le sait et il a peur. Il ne m'approche plus. Il ne me parle plus. Il recule déjà mentalement.

Imaginer ce que serait la vie sans lui. Taper 2. Laisser ma mère en dehors de tout ça. Devenir une vraie femme d'affaires. Prendre la première décision autonome de ma vie. La prendre pour tout le monde.

Mentir à ma mère. Tuer mon beau-père. Devenir une vraie adulte et par-là même, un monstre.

Je parle. Je dis : *c'est la police* en essayant de prendre un ton assez détendu pour faire l'adulte qui sait que les emmerdes font partie intégrante de la vie normale.

Ma mère a tout de suite compris qu'il s'agissait de son amoureux. Ma mère sait que sur la roulette russe le numéro des fous atterrit souvent sur la case 17. Ma mère pourrait attendre la suite. Écouter froidement le message. De lassitude, rester insensible aux questions familiales, ne plus accorder d'importance à cette affaire. Ma mère pourrait taper 2.

Mais ma mère m'arrache le téléphone des mains et rappelle tout de suite le numéro. Elle saute sur ses jambes et fait des ronds dans le salon, comme s'il s'agissait d'une affaire de la plus haute importance. Je n'entends pas ce qu'elle dit au téléphone, pas parce qu'elle s'isole – elle ne se garde pas de me dévoiler les choses du monde, surtout depuis que j'ai grandi – non, je n'entends rien parce que j'ai les oreilles qui sifflent. C'est la colère. Elle se comporte comme une folle, comme une enfant. Elle devrait le punir et le laisser dans une boîte vocale. Mais ma mère sauve toujours son amoureux.

Elle raccroche. *Ils arrivent*, elle me dit.

Ils vont devoir fouiller la maison.

Qu'est-ce qu'ils cherchent ? je demande.

Ma mère hausse les épaules. Elle reprend son air lassé, abattu qu'elle a quand j'ai parfois l'impression qu'elle va se débarrasser de son amoureux. Ma mère reprend ses affaires. Moi je n'y crois pas.

Je ne veux pas être là quand ils fouilleront la maison. *Est-ce qu'ils vont regarder dans ma chambre ?* je demande. S'ils doivent fouiller mes affaires, je ne veux pas être là. Je prépare mon sac. J'appelle mon amie, on va boire un café. Je déteste ça. On va boire un café, on fera semblant d'être des adultes, on fera semblant d'ignorer que les adultes sont tout sauf responsables. On ne parlera surtout pas de notre famille parce que je joue la femme-mère qui s'y connaît en affaires, qui n'est pas surprise que le monde appelle au téléphone, frappe aux portes pour défoncer les maisons des gens mais je sens, j'en suis presque sûre que c'est quelque chose qui ne se dit pas de sa famille. Ça ne se dit pas parce que ça n'a rien de normal.

J'ouvre la porte, je reviendrai dans deux ou trois ou quatre heures pour être sûre qu'une fois rentrée, l'orage sera passé, j'ouvre la porte et tombe nez à nez avec lui. Il a les yeux baissés, je ne vois que ses mains. Ils les ont attachées. C'est terrible de voir ces mains-là, qui me faisaient peur quand elles s'élevaient dans le ciel au-dessus de la tête de ma mère, quand elles n'obéissaient plus à la gravité et faisaient valser les meubles. Ses mains, à leur tour devenues molles. Je me demande si chez lui, ça bat la chamade. Les deux policiers qui l'encadrent me regardent dans les yeux. Ils ont l'air étonnés, ils n'ont pas eu le temps de frapper à la porte. *Ce n'est pas la peine*, je voudrais leur dire, *pas la peine de frapper, chez nous la porte est grande ouverte aux emmerdes*. Ils ont dans le regard ce que j'imagine que mes amies auraient si on parlait vraiment de nos familles et ça me fait honte. C'est la pitié.

Je les traverse, lui qui me fait de la peine et les policiers qui me font honte. Je passe à travers eux comme dans du beurre et sans doute, ils pensent que je passe comme ça, à travers, comme on passe dans la vie normale. Je prie de toutes mes forces en dévalant les escaliers pour les laisser le plus loin derrière moi, je prie qu'en fouillant, ils trouvent effectivement quelque chose, l'anomalie qui signe enfin la bizarrerie de cette famille.

Je pousse la porte de mon immeuble. Si lourde, elle m'écrabouille souvent contre le chambranle. Je repense au docteur qui m'a annoncé que jamais je ne grandirai. Je me jure à moi-même, malgré ma petite taille, de devenir plus adulte que ma mère. Je me jure de pouvoir un jour lui imposer mes règles. Je saurais mieux m'occuper d'elle que son amoureux. Je pourrais devenir femme-père pour mes frères. On n'a pas forcément besoin d'un amoureux-rêvé. Je pourrais devenir serpent des mers. Il faut juste imaginer.

Intransitif

Je ne dors plus avec mes frères. J'ai ma chambre à part entière. Je suis la plus grande. Mieux vaut préparer le terrain sur lequel on va mourir. Je mourrai la première.

J'investis ma nouvelle chambre. Je voudrais la repeindre toute blanche. Je la voudrais comme dans la publicité *Du côté de chez vous*, après le Vingt-heures. On a parfois envie, en grandissant, de prendre la mer, de conduire une barque différente de notre bateau-mère. Une barque, c'est plus petit et plus léger, ça vogue plus vite. On en a envie mais on ne le fait pas. On n'abandonne pas si facilement les membres de sa tribu. Souvent derrière ma porte, ma mère m'appelle encore mais toujours, quand je viens à la rescousse, elle se ravise et se couvre la bouche. Puisque c'est encore les adultes qui décident, on fait comme on peut, avec ce qu'on a. Ma chambre à moi, a toutes les couleurs, mais ça ne suffit pas à calmer ma colère. On a parfois envie, dans sa maison, de se sentir chez soi mais la règle n'a pas changé, la maison est toujours dépendante du terrain sur lequel elle s'établit. Ma chambre, posée là, au milieu d'un champ de bataille, ne peut être qu'un abri temporaire, jusqu'à ce que je trouve un travail et une autre maison.

J'ai la désagréable impression que ma mère veut s'établir dans ma chambre. J'y entre, je la surprends à l'intérieur. J'ai le sentiment qu'elle m'a pris mon visage. Elle s'est habillée exactement comme moi. Elle a troué son jean et s'est installée au pied de mon lit. Je la regarde. Ma mère allongée sur un tapis circuit de course qui fait rouler de minuscules voitures. Je reste plantée là, devant la porte. Je regarde ma mère, installée dans ma chambre, comme si elle était une enfant, comme si je n'étais plus la sienne. Quand ma mère déborde, elle vient se réfugier chez moi. Ma mère s'installe dans ma chambre, déroule un tapis de jeux au sol et imagine un monde parallèle, un monde sourd à son univers assourdissant, un monde sans monstre et sans guerre et un monde où peut-être, elle n'est plus mère.

Je la regarde, je voudrais lui crier : Maman, nous sommes des femmes-mères dans un monde où les hommes ne nous valent que des emmerdes, tu te souviens ? Mais je reste abasourdie devant ma mère malade. Elle a perdu son âge. Elle voudrait que je joue avec elle. Elle voudrait que je reste une enfant. Elle fait rouler les petites voitures sur le tapis-circuit de course dans son jean troué et elle ne m'écoute pas. Elle est devenue comme le singe qui se bouche les oreilles. Je suis devenue invisible.

Je veux aboyer *dehors !* mais je dis *salut*. Elle me répond en me donnant des noms qui ne sont pas les miens. Des noms d'animaux de toutes les couleurs. Ours bleu, chien noir. Je ne crois plus que les animaux-jouets ont une conscience. J'ai passé l'âge. Je ne crois plus que je suis un ours polaire juif traqué de la Seconde Guerre mondiale. Les gens pourchassés sont dans la merde. Les victimes ne sont pas des héros. Je ne suis pas une victime. Ma mère n'est pas un héros. Ma mère est folle, mon père avait bien raison.

Dans la pièce, quelque chose a changé. Elle a repeint mon sol en bleu. Sans prévenir. Je rentre, ma chambre est complètement relookée, façon *Dé&Co*. Les maisons sont toujours plus dégueulasses et vidées de leur substance après le passage de Valérie Damidot. Elle pensait me faire plaisir en choisissant la couleur du sol sur lequel je marche, en m'imposant sa structure, un sol bleu comme les rivières de ses larmes. Elle me regarde, impatiente, les yeux brillants comme si j'allais lui sauter dans les bras pour la remercier. Je n'ai pas de mots. Elle m'a coupé la langue et l'a avalée. Je regarde les yeux brillants de ma mère dépassée. Je lui demande sans voix, pourquoi elle a fait ça. *Pour changer. Je ne sais pas. J'avais besoin de changement.* Je ne fais pas comme les participants dans *Dé&Co*. Je ne fais pas semblant d'être ravie. Je n'avais pas besoin de changement ici, moi. Pourquoi je n'arrive pas à construire mon espace ? Pourquoi les adultes décident-ils toujours de ce qui doit changer et de ce qui constitue la normale ?

Ma mère est folle et c'est une menteuse. Elle ment quand elle dit qu'elle va changer les choses. Ma mère est incapable de changer quoi que ce soit. Elle est incapable de se reconstruire. Elle ne sait que détruire les cabanes des gens. Elle ne sait que croquer les gens tout crus. Refusant de me laisser grandir, ma mère voudrait à nouveau m'avaler tout entière et me garder en elle. Elle ne supporte pas que je rejette son corps. Elle veut nuire à mon indépendance. Le nombre de fois, je ne les compte même plus, où je l'aie entendue me dire la même chose. Toujours la même chose. Toujours, comme dans son lit qui m'aspirait, les paupières trop lourdes d'avoir pleuré des rivières, moi secouant son bras mort pour la ramener à la vie et elle : *Je vais le quitter.* Menteuse. Il est là, je m'adapte. Le monstre nous tuera un jour et ma mère ne s'en rendra même pas compte.

Ma mère veut me prendre mon visage d'enfant pour oublier qu'elle est une adulte qui vit avec un monstre. Je ne veux pas. Je refuse de lui ressembler. Je ne veux plus avoir d'empathie pour ma mère et ses bagages de douleur. Je ne veux plus l'aider à porter ses sacs. Je ne veux plus jouer la femme-mère les mercredis après-midi et tous les autres jours de la semaine. Je veux être mauvaise. Tuer les vieux, les laisser crever sur le trottoir, en pleine canicule, les laisser rôtir et galérer avec leurs sacs de courses trop lourds à porter pour leur petite carcasse.

Dehors ! je dis cette fois à voix haute. Ma mère range son tapis-circuit de course et se redresse sur ses grandes jambes. Elle me regarde avec un air de défi, comme s'il suffisait qu'elle se mette debout pour redevenir adulte. Je jette ma mère dans le couloir. Je claque la porte derrière elle. Elle revient sur ses pas furieuse et me défend de faire sonner à nouveau les portes de sa maison. ***DEHORSDEHORSDEHORS*** je crie plus fort maintenant. Je hurle pour éloigner ma mère, l'envoyer le plus loin possible de moi. Les murs de ma chambre tremblent et la peinture s'effrite. Elle pousse derrière la porte, je crie encore mais son visage tout congestionné de colère s'engouffre dans l'entrebâillement.

Plus fort, tremblent les murs et le sol s'effondre sous mes pieds. Ma mère est un trou noir qui m'aspire tout entière. Je ne sais pas ce qui m'a pris, j'ai saisi la porte d'une main, je me suis appuyée sur le chambranle, j'ai ouvert un peu plus l'embrasure, juste de quoi lui laisser passer son cou et j'ai refermé d'un coup sec. Ça a fait comme un *crac*.

J'ai voulu être méchante, je lui ai dit des mots qui tordent le ventre, je lui ai dit que c'était de sa faute mes rivières de larmes, je lui ai dit que je lui en voulais de m'enfermer sous le même toit qu'un monstre, dans cette prison. Je lui ai dit que j'aurais voulu une maison blanche avec mon père à l'intérieur.

Le corps décapité de ma mère est reparti en pleurant.

J'ai tué ma mère.

Prison

Je ne suis pas serpent des mers. Je ne suis pas femme-père. Je ne suis pas si grande. J'ai eu peur. J'ai tué ma mère au lieu de tuer le monstre. Je n'ai protégé personne et toute petite, je me suis réfugiée chez mon père. J'ai échoué.

Un refuge ce n'est pas vraiment un endroit où l'on se sent comme chez soi, c'est un endroit où l'on reste en attendant que l'orage passe. En ce moment, je passe un temps chez mon père. Pour la deuxième fois de ma vie, mon père m'exfiltre mais aujourd'hui, c'est pour me préserver d'un matricide.

Je reste ici car je suis une meurtrière. Je suis comme emprisonnée. J'ai une nouvelle chambre et de nouvelles règles. Je m'accroche très fort à ma nouvelle identité. Je me détache de ma peau de femme-mère. Je mue. Je suis petite à nouveau. Je fais l'enfant dans la maison de mon père. Je suis à l'heure à table et mon père se garde bien de me dire les choses du monde. Mon père se garde bien de me dire quoi que ce soit. Mon père ne parle pas beaucoup.

J'ai des meubles Ikea et une famille équilibrée qui rit silencieusement. Tout est redevenu calme. Les murs de ma chambre sont blancs et j'ai repris des couleurs. Mon père m'a gardée comme une malade. Je me sens très exactement comme à l'hôpital. Je suis en convalescence. Je me sens comme chez le médecin avec cette chaise qui me faisait transpirer. Je me sens comme chez un inconnu. Je ne me sens pas chez moi.

Il est bizarre mon père. Il n'est pas comme moi. Parfois je me demande si c'est mon vrai père. On n'a pas les mêmes réflexes. Peut-être qu'à l'époque, mon père était autre et me ressemblait. Peut-être que j'étais différente auparavant mais que je suis tombée malade depuis que j'ai avalé une ancre. C'est fort probable que je sois seulement la fille de ma mère. Ça me désole parce qu'il est parfait mon père. Mais je ne suis pas comme il voudrait, je le sens bien.

Premier exemple, mon père aime bien les enfants-héros. Les enfants-héros, ils ressemblent à ma voisine, ce sont des enfants particulièrement bons en tout. Ce sont des filles qui ne sont pas nulles comme les filles le sont souvent mais aventurières et valeureuses comme le sont les garçons ou comme je l'étais avant de quitter ma mère. Moi, quand je fais quelque chose de courageux, mon père me dit que je suis folle. Souvent, quand il me regarde, je crois qu'il voit ma mère. Ça me désole parce que je crois que mon père n'aime pas beaucoup ma mère. Mon père, pourtant, se trompe, ma mère est courageuse. Il ne le sait pas. Il pense qu'elle est folle alors que c'est un héros, ma mère. J'ai dit beaucoup de mal, mais je disais cela sur le coup de la colère.

Deuxième exemple, mon père n'aime pas les gens qui pleurent, ou les gens qui parlent sans réfléchir. Il n'aime pas les gens irréfléchis et hypersensibles. Malheureusement je crois être un peu irréfléchie et hyperultrasensible. Je crois que c'est pour ça que mon père me voit comme ma mère. Elle pleure beaucoup et souvent je ne la comprends pas moi-même.

Mon père n'aime pas les victimes. Mon père n'aime pas les gens malades. Cette maladie, je dois l'avoir attrapée de ma mère. Je me demande si mon père a raison, si je suis comme ma mère. Je me demande si je suis une victime.

Je n'ai pas passé beaucoup de temps avec mon père. Il est parti après que j'ai avalé une ancre. Je n'étais pas bien grande mais je savais lire. Et puis, plus rien, j'ai perdu la mémoire de lui.

À chaque fois que je parle avec mon père, je me mets en colère, pour ne pas ressembler à ma mère, pour m'interdire de pleurer. À chaque fois que je parle avec mon père, je sens ma mère.

Je voudrais pouvoir rester chez lui. Je voudrais ne pas faire comme ma mère.

Parfois, en grandissant, nous vient l'envie de nous décaler de l'espace. Parfois nous vient l'envie de rêver, d'être fou. Parfois, me vient l'envie de monter sur les tables, de crier et de chanter à tue-tête pour faire rire mon père, que son rire envahisse les murs, remplisse la maison et salisse tout le blanc. Toujours, quand je fais mon cirque, pratico-pratique, mon père demeure. Jamais, il ne m'inclut dans sa réalité. Le moindre sujet est matière à controverse. Mon père n'aime pas les fous. Je crois que je suis folle et c'est sûrement pour cela que l'on m'enferme.

Je suis en colère, parce que je sens bien que je ne peux pas construire de cabane ici. Je ne peux rien construire qui lui ressemble, c'est trop tard, je ne fais plus partie de sa tribu. Ce n'est pas la faute de mon père. J'ai tué ma mère mais ma mère, en moi, est toujours vivante. Mon odeur, mon corps, mon visage, tout lui ressemble. L'odeur de la maison de mon père ne m'est pas familière. Mon corps à l'intérieur sonne faux. Je suis inadaptée.

J'ai avalé ma mère. J'entends sa voix. Je me demande si elle m'appelle. Je me demande si quelqu'un la réveille quand elle se cogne la tête. Je pense aussi à mes frères qui ne peuvent pas soulever ma mère, qui doivent encore être portés, à leur âge. Tout ça pèse très lourd au fond de ma gorge. Je me demande si à force d'avoir une ancre qui s'alourdit de jour en jour, à l'intérieur, on ne finit pas par couler.

Je pleure. Je n'ai pas d'autre choix que d'être ma mère. Si je quitte ma chambre, je n'aurai plus de maison. Si je quitte ma maison, je n'aurai plus d'identité. Si je laisse mourir ma mère sur le trottoir, si je la laisse fondre au soleil, je brûlerai, moi aussi. Ma mère décapitée, je perds à mon tour la tête.

Si je laisse ma mère, je ne me le pardonnerai pas.

Planches

Le lycée me fait me sentir si petite. Je déteste ça. Je voudrais retourner voir le docteur, qu'il me donne une explication valable à mon incapacité à grandir. Ici, toutes les filles sont grandes, belles et riches. Moi qui me pensais particulière, je commence à comprendre que je vais me faire marcher sur les pieds toute ma vie parce qu'on ne m'aura pas vue. Je n'ai jamais été aussi mauvaise élève, c'est devenu une sorte de fierté. Je suis la meilleure des nulles, la première des dernières et plus tard, je n'aurai pas de diplôme mais je ferai très probablement des blagues sur ma solitude et ma petite taille.

Comme avec mon père, j'ai gardé la fâcheuse manie de vouloir faire l'intéressante en grimpant sur les tables. Mais au lycée, on ne monte pas sur son pupitre en attendant de tous les élèves qu'ils hurlent en chœur *YAKALÉLO*, que leurs rires remplissent la salle de classe, que les murs explosent, que l'établissement prenne feu et qu'on asseye son pouvoir sur l'espace de l'école.

Je déménage. La fenêtre est ouverte, personne ne me voit car je ne suis pas particulière. Je me fonds, flaque d'eau, et glisse au travers. Je m'éclipse. Je suis invisible. Les cheveux au vent, je suis à la barre du bateau des rebelles. Je n'ai pas d'équipage, je ferai route toute seule.

Je vogue jusqu'au fond d'une cour pavée. Je pousse une lourde porte. Elle est si légère que celle-ci manque de sortir de ses gonds. C'est une grande salle miteuse, au centre, une estrade de planches. Pendu, un garçon, les cheveux longs, renversé, tête en bas, m'accueille avec un sourire débile.

T'es qui ? Je réponds en fixant le plancher.

Il monte sur l'estrade et fait le poirier. Il marche sur les mains et ça me prend bizarrement, je ris, je ris de manière incontrôlée, mon rire fait vibrer les planches de la salle miteuse.

Les lumières s'allument.

J'ai une nouvelle tribu. Tous les mardis soirs, on monte sur une estrade. Sitôt le pied posé, on devient autre. Il faut juste imaginer. On grimpe sur les planches. On s'élève. Arrivés tout en haut, on n'a plus le sentiment d'être petit ou invisible. On se sent super.

Cap sur un autre monde, où chaque jour au même endroit, tout sera différent. Par un escalier en colimaçon, on arrive rapidement. Le sol, en bois, craque sous chacun de mes pas. Je grimpe les marches quatre à quatre, impatiente chaque semaine de défoncer la porte pour rejoindre ce plancher magique.

Sur les planches, les élèves ne sont pas assis à table, mais comme les animaux, à terre. Comme les tribus, en cercle. Ici, tout le monde est petit et moche. Bienvenus sont les matricides et les enfants bâtards. Ici, tout le monde crie d'une seule et même voix et lève vers chacun des visages comme des soleils de bienveillance.

Sur les planches, le monde est à l'envers. Ici, le règlement intérieur est bouleversé. Rien ne va comme ailleurs. Ici, il ne faut pas être grand ou riche. Il ne faut pas forcément être comme ses parents. Il ne faut pas être un adulte. Il faut juste aimer jouer, à la folie, aimer vivre avec les fous. Ici, on adopte des bébés porcs et on se construit une maison particulière autant qu'on le souhaite.

Ici personne ne pleure avec de vraies larmes. Ici, je perds mon âge, sans être malade. On voyage sans même se déplacer. Hier, vieillard éclopé, demain, princesse éplorée, mais toujours en sécurité, loin du dehors, dans un endroit où le débordement fait de nous des héros.

Ici, on se dit toutes les choses du monde et à force de se les dire, elles ne tordent plus le ventre.

Ici, quand le noir se fait, on ne se sent pas aspiré par la peur, on se sent pousser des ailes.

Ici, je grandis et je trouve un travail.

Sur les planches, le temps n'est plus le même. Il a passé à la vitesse éclair, sans que je réalise combien de fois s'est fait le jour et la nuit, je suis en famille.

Sur les planches, le *je* devient *nous* et on ne se pense plus autrement que tribu. Bien plus que dans ma maison. Il y a des règles mais c'est aussi moi qui les ai écrites.

Le plancher est notre maison et c'est mieux comme ça. Avec nos rêves, on a tissé un toit, il nous abrite du monde. La violence, c'est la réalité, celle qui nous inciterait à retourner à l'école et à décrocher des diplômes en escaladant des arbres très hauts, au bout desquels on arrive après des années d'escalade, épuisés de la grimpe et trop vieux pour jouer encore.

Le plancher est rudimentaire mais celui-là ne s'effondrera jamais. On n'a pas de matériel et pas d'argent. Même si parfois on rêve de jouer dans des grandes salles et de grimper sur les plus beaux planchers, on ne le fait pas et on n'en a pas besoin.

Abri destiné aux animaux

Il a des lunettes rondes et un air un peu hagard. Il a les yeux rouges. Un lapin pris dans les phares, son air, c'est ça. Il se tient là, au milieu de l'arène, c'est un jour de grand soleil et de grand froid. C'est un jour entre deux extrêmes, si bien qu'on ne sait pas vraiment de quel côté on se place. Aujourd'hui, nous comptons un nouveau membre. J'ai de l'empathie. Je déteste moi aussi les premiers jours. Tout de suite j'affectionne son air égaré qui n'indique pas forcément l'errance, ni rien de particulier, mais plutôt cet état zéro quand on ne pense à rien. Même si je le pense, nous ne pensons jamais, ou presque, à rien.

Les présentations terminées, notre professeur nous encourage à fermer les yeux pour nous reconnecter à notre nature animale. Un à un, les yeux fermés, nous reniflons le nouveau, nous apprenons sa peau et son odeur. Tous ensemble, nous lui donnerons un rôle à tenir. Une place dans le cirque. Il grogne. Il grogne et gratte le sol. Je chuchote *tu fais quoi ?* Il me regarde, hébété : *un gros porc.* Je souris, je vois celui que je pensais lapin, faire le sanglier.

Je le scrute. Il a un visage très doux, un visage rond comme ses lunettes et, de profil, s'il redresse le menton, sa lèvre supérieure relevée et un nez en trompette, mais seulement quand il s'interroge - dans ces moments-là, il est pris dans les phares. J'aime sa manière d'être au monde, en réserve mais profondément perméable. Et sa façon de se moquer de celui-ci alors que fondamentalement et c'est sa qualité première, il est bon. Je pense que la bonté est rare.

Devant le groupe, il a eu beau grogner, personne n'est dupe, il n'est pas sauvage, il ne sait pas se mettre au-devant de la scène tandis que moi, j'ai plutôt tendance à arriver avec mes gros sabots. Lui, est plus discret. Ça me pique un peu, parce que j'aimerais bien être comme ça. J'aimerais bien qu'on me regarde quand je suis en retrait. Mais je ne sais pas faire. Je fais comme ce garçon, je grogne pour faire l'idiote, surtout parce que j'ai peur qu'on ne me regarde pas si je joue comme une fille.

Il me regarde. Je le regarde aussi. Son regard m'est beaucoup plus doux que celui des autres. Je nous isole un peu du groupe, parce que je voudrais qu'il me choisisse, moi. L'énergie que je mettais avec les autres, peu à peu se déplace. Je grossis tous les traits de caractère qu'il apprécie chez moi. Le charme, des animaux comme lui, vient de leur sauvagerie alors je rejette toutes les attitudes que l'on attendrait d'un animal domestique. Je suis brutale, vulgaire, je prends de la place tout en mimant un désintérêt total pour ce qui m'entoure. S'il est taquin avec les autres, alors je le suis autant que lui si ce n'est plus, je les rejette gentiment et les moque, pour lui. Je joue en permanence le sanglier. Je prends le contre-pied de l'opinion publique pour être bien différente du reste du monde et à ses yeux, unique.

Je mets beaucoup de soin à me construire cette nouvelle peau. Ce n'est pas aisé d'évoluer en tribu. Chaque décision impacte le groupe. Je me fais pousser le poil et les sabots et je sais que cela modifiera mon rapport aux autres. Je le fais parce qu'avec lui je sens la possibilité d'une autre tribu sauvage.

Je me dédouble, je suis en permanence deux. La dresseuse et l'animal. Lui et moi. Son rôle et le mien. D'en haut, je me regarde en me mettant à sa place, je me pose la question, *suis-je assez appréciable ?* Je me construis à travers ses phares.

Il y a des relations si farouches, qu'elles nous poussent à ouvrir des portes et grimper des arbres. En haut des arbres, on installerait de la paille et on s'y blottirait, brutalement. Je nous créerais des personnages, je raconterais notre duo. Je nous écrirais des scènes et nous les jouerions à deux sur les planches. Ce serait l'histoire d'un duo comique entre un ours polaire juif et un gros porc introverti. Il faudra juste imaginer.

C'est plus compliqué aujourd'hui de construire une cabane, de construire une histoire, on ne joue pas pareil qu'avant. Aux yeux du monde, nous sommes des demi-adultes et les cabanes ne sont que pour les enfants. On est différents des autres bêtes. On n'est pas des chiens ou des chats. On n'est pas mignons. On n'a pas notre place dans le monde des adultes ni des animaux domestiques. Personne ne nous ressemble. Personne ne se prend pour un animal passé vingt ans. J'escalade un arbre avec lui, il peine à me suivre, comme un chat mythologique, il a déjà vécu plusieurs vies, il se trouve toujours trop vieux. Il se trouve toujours en retard, en retard sur les gens de son âge, en retard sur ce qu'il voudrait être. Il se trouve médiocre. Il voudrait prendre de la hauteur. Grimper plus adroitement encore, plus haut que les arbres. S'il se met en retrait c'est parce qu'il ne sait pas arriver avec ses gros sabots. Je ne suis pas d'accord. Il ne sait pas qu'il est un héros même s'il n'arrive jamais à l'heure.

Quand j'étais très petite, les tribus de deux personnes étaient romantiques. Aujourd'hui, je sais que c'est l'amitié qui constitue les tribus. L'amour, on l'a bien appris de nos parents, est charmant le temps du voyage, mais ne charrie rien d'autre que des naufrages dans des eaux amères. Quand on arrive au sommet de l'arbre, je lui fais signer un pacte : nous ne sommes pas des domestiqués de l'amour, nous sommes des sangliers. Nous sommes indomptables. On se promet en tant qu'amis de ne jamais vieillir, de ne jamais devenir comme nos parents, noyés dans des torrents de larmes ou de médicaments. On prendra la vie du bon côté, du côté de l'enfance qu'on a reprise de force à l'âge adulte. Il dit *d'accord*, ne demande pas pourquoi. Je n'aurais pas répondu que c'est simplement parce qu'il est nouveau.

Cela fait maintenant des mois qu'il joue sur nos planches. Il n'est plus nouveau, il n'est plus placé au milieu de nous mais habitué à y être. Le faisceau de lumière s'est resserré sur lui. D'ailleurs, je ne vois plus les autres, il est devenu tout ce que je vois. Je voudrais être sa meilleure amie, sa partenaire première et escalader sauvagement tous les arbres que nous rencontrerons. En dehors de l'arène, je voudrais qu'il m'accompagne. Ma tribu ne m'attire plus, elle m'apparaît menaçante. Elle nous avale pour nous faire plus de deux. On a fait jeu de tout et je fais en sorte que ces jeux ne soient réservés qu'à nous.

De plus en plus souvent, on joue à deux devant les autres, le jeu des amis qui se préfèrent au reste du monde. Tout le monde dit que nous sommes amoureux. Moi, ça me fait bien rire puisqu'on fait semblant. On est devenu mini-peuple primitif. Récalcitrants à se mélanger aux autres. On est simplement familiers.

Nos abris sont partout. On n'a pas besoin de vivre vraiment dans la forêt comme les véritables sangliers ou les enfants imaginaires. Pas besoin de mettre de la paille au sol pour vivre comme dans un rêve. De tout le monde, je ne connais que nous deux. On se parle sans mots, au milieu de la tribu, on a notre propre langage. Ça peut paraître compliqué mais en vérité, on se comprend très bien, on n'a même pas besoin de se regarder dans les yeux.

Il signe tout ce qui l'entoure, sauvagement. Il écrit partout. Comme les enfants qui ne peuvent pas s'empêcher de dessiner sur la poussière. D'ailleurs, il aime ça, écrire sur les voitures sales.

Il entre dans ma chambre, comme un meilleur ami d'enfance, sauf que nous sommes dotés d'instinct animal et je le sais, je suis de moins en moins petite. Ce soir, parce qu'il a un peu bu, j'ai le sentiment qu'il ne me considère plus du tout comme une enfant. Je pousse le jeu un peu plus loin, puisqu'on est amis, on ne se gêne pas, la gêne est pour les amoureux et je me déshabille devant lui, j'enlève tout mon costume de poils et de sabots pour le provoquer. À ce jeu-là, il perdra, car je joue en permanence et depuis la nuit des temps et je m'arrange toujours pour fixer les règles. Je fais la sauvage qui ne remarque pas la tendresse qui émane de son animalité. Je mens. Je fais la lapine. On joue différemment, on joue les amoureux mais il hésite, il se rétracte, il reste sur le bord. Les fesses à demi sur le bord du lit, c'est tout lui. Ne jamais trop se mouiller et donner l'impression que le choix ne vient pas vraiment de soi. Toujours dans la demi-mesure, et moi toujours la place du chef d'orchestre avec mes sabots. Il fait le sanglier qui ne connaît pas la tendresse. Je fais la sauvage qui se fiche de l'amour.

Il a brusquement très peur de jouer et me dit : *un jour tu ne joueras plus et je ne voudrai pas te décevoir.* Moi je trouve ça idiot et très présomptueux. Idiot parce que refuser de jouer par peur de perdre, c'est vraiment retirer tout intérêt au jeu. Présomptueux parce que qu'en sait-il, lui, que je suis tombée amoureuse ?

Je ne voudrais pas finir comme les adultes ou les acteurs fous, bloquée dans mon rôle, mais si je veux le garder près de moi, je dois jouer le jeu. Jouer n'est pas dangereux, mais l'amour, je le sens, cela ferait peur, comme s'il y avait une fin néfaste, à se laisser aller à cette animalité. Comme si fatalement, les animaux trop sauvages finissaient abattus, ou pire, domestiqués. Une fois les animaux domestiqués, comme les enfants qui se changent en adultes, ils deviennent fous. Une fois les amis amoureux, ils deviennent captifs. On s'endort dans les bras l'un de l'autre, comme de vrais amoureux qui jouent aux bons amis.

Où les vers à soie s'installent pour filer leur cocon

Quand les amoureux se retrouvent, ils se détaillent. Mon corps, je le porte tous les jours mais je ne le connais pas bien. Il ne m'est pas familier. Je n'ai pas tellement envie de lui donner tant de place. Je n'ai pas tellement envie de le contempler. Quand mon amoureux regarde mon corps, quand il m'observe, ça dure un peu trop. Je n'aime pas qu'on me jauge trop longtemps. Je n'aime pas qu'on me dissèque.

Dans mon corps, comme dans une réserve, il y a des choses rangées depuis longtemps, elles ont pris la poussière et ce n'est pas pour rien qu'on les garde, pas pour rien non plus qu'on ne les ressort plus. Ça n'a rien à voir avec la pudeur parce que, pudique, je ne le suis pas du tout. Je peux me promener toute nue, par exemple. Devant lui, même parfois devant le voisin de l'immeuble d'en face et ça ne me dérange absolument pas. Je crois que ce qui me gêne c'est la façon qu'on a de se regarder les corps quand on est amoureux. On se sonde. On se sonde les corps avec les yeux débarrassés de toute pudeur. Je n'ai jamais vu ses yeux aussi découverts, que quand je suis nue. *Déshabiller du regard*, ce n'est pas une expression pour rien, jetée en l'air. *Déshabillée du regard*, je me sens presque sans peau quand je suis nue et qu'il me regarde.

Toute nue devant lui j'ai l'impression qu'ils sont plusieurs milliers d'yeux à me regarder, à me sonder à l'intérieur. Découverte, dépecée, il tisse une enveloppe de regards qui m'encerclent. Ses yeux réveillent des milliards d'autres et c'est déplacé. Ses yeux m'engloutissent. Ils m'avalent et s'installent chez moi. Ce qui me dérange c'est l'appétit, quand les yeux qu'on pose sur les gens nus sont goulus. Je ne suis pas pudique du corps, je suis pudique du désir. Le désir habite les gens et s'invite chez eux.

Il dit *mais arrête il n'y a personne*. Il m'exhorte à me découvrir. Ça m'énerve un peu. Comment être sûr qu'on est tout seuls tous les deux ? Comment peut-il savoir que personne ne nous regarde ? C'est quoi cette manie des amoureux de toujours se croire tout seuls ? Ma pudeur le blesse. Il la prend pour du désintérêt. Mes yeux amoureux ne sont que pour lui, je ne voudrais pas qu'il pense le contraire. Et je voudrais bien l'aimer, j'aimerais vraiment pouvoir le faire mais pas ici, pas là, avec tous ces yeux qu'on ne voit pas, braqués sur nous.

Moi, mes yeux sont fermés. J'aurais peur de devenir comme lui, le regard gourmand et intrusif. On serait là, nus comme deux vers, à se regarder le corps. Je ne voudrais pas qu'en plus des autres, mes yeux deviennent témoins. Dans ses yeux, j'ai l'impression de faire quelque chose d'obscène. Je me vois moi-même toute nue, trop nue, trop déshabillée et ça me gêne. Quand il me regarde, il révèle ce que je cache. Dans ses yeux crus, je surprends le reflet des miens, je me surprends à me sonder à mon tour. Les yeux, ouverts, je vois tout ce que j'ai dedans. Je rentre en moi-même. Tout, c'est trop. Tout ne doit pas être mis à vue. Je n'ai pas envie d'habiter mon corps. Il y fait froid dans le dos.

Les amoureux, cousus par deux, doivent vivre dans le secret. Pas vu – pas dit. Cachons-nous du regard des autres qui nous prennent pour des fous parce qu'on crie, pour des animaux parce qu'on sue, et pour des pervers parce qu'on s'observe. Cachons-nous, le monde n'aime pas les gens irréfléchis et hypersensibles. Ils nous puniront et nous enfermeront. Un jour le regard des autres nous tuera et on ne s'en rendra même pas compte. Un jour le regard que tu porteras sur moi sera tellement profond, qu'il m'incinérera. Un jour, tu me verras trop, tu ne m'aimeras plus. Dans les espaces ouverts, les yeux nous guettent alors je nous enferme. Je referme sur ses yeux gloutons et sur mon corps obscène le toit de notre intimité. C'est un cocon, un sarcophage de draps Ikea, plus vraiment blanc avec le temps mais encore assez clair pour laisser la lumière passer au travers. On est là, enroulés-enfermés dans cette ambiance tamisée et cette fois, j'en suis sûre, personne ne nous regarde. Lui, animal décomplexé, les yeux brillants, enroulé de draps blancs, il est amusant, on dirait un ange fiévreux. Animale, moi aussi, ours blanc traqué par son désir, je peux commencer à l'aimer, ou le laisser m'aimer, me goûter avec ses yeux trop gourmands ce n'est pas grave, ce n'est pas gênant puisque personne ne peut être au courant. Peu à peu, je m'abandonne dans notre cabane de draps, libre de jugement. Libre, mes yeux m'échappent et ne me ressemblent plus. Des yeux qui lui plaisent. Les yeux goulus quand je suis à l'abri dans notre cabane. On est entremêlés, nus comme des vers et on file notre cocon dans un coton laiteux.

Il calme la tempête de mes peurs par ses caresses. Sous ses mains je me sens confiante. Il parcourt tout mon corps avec une telle délicatesse. Il s'applique. Je me sens importante. Je me sens bien. Il me connaît par cœur. Ses baisers en bas ne sont jamais trop froids, ce n'est jamais brutal, c'est doux comme quelque chose d'attendu. Il réveille en moi par sa douceur, mon désir que j'avais enterré vivant de force. Spontanément, mon corps se fond dans le sien. Je ne suis pas seule. Je ne suis plus moi-même. Il éteint ma tête, quel soulagement.

Dans cette cabane de draps et de désir, je ne me sens plus étrangère mais maîtresse. Je me sens chez moi parce qu'il m'habite. Je ne veux pas habiter chez moi autrement qu'avec lui.

Chez moi, il fait doux, presque chaud. Chez moi, le langage se désintègre et se réinvente. Ce sont les mots des corps qui dialoguent en caresses, qui remercient en baisers. Ce sont des dialogues où la violence devient déclaration d'amour. Le désir grimpe avec la température et les gestes ne sont plus commandés par la tête mais par l'estomac.

Maintenant nous sommes liés. Fondus l'un dans l'autre, on ne saurait plus distinguer nos deux corps tant ils se dévorent. Les parois du cocon ne soutiennent plus tant d'appétit. Les murs prennent feu. La cabane s'embrase. Il fond sur moi, on est lancés dans la consommation – comme après le cinquième plat, on a toujours trop chaud, on finit par enlever son pull. On souffle la buée qui sort de la gorge, la même que les jours très froids d'hiver mais brûlante. L'enveloppe de notre cocon s'est refermée sur nous. On se prend les membres dedans. Elle nous colle à la peau. Il fait trop moite et trop chaud. Alors, il étend ses bras, lève les voiles, les fait voler en éclats. Et ça ne me gêne pas.

En parlant d'une ancre 2

Je ne veux plus sortir de ma chambre. Je passe des journées entières dans mon lit. C'est comme si j'étais malade, enfermée sous ma couette, sauf que je suis lâche et je ne suis pas malade du tout. Je n'ai envie de rien. Peut-être que je vais mourir. Je n'ai pas de symptômes d'une quelconque maladie mais ma mère m'emmène quand même chez le médecin.

Je ne vais pas mourir, mais je suis bien malade. D'un nouveau mot, d'une maladie que je ne connaissais pas. C'est comme avoir en permanence une ancre assez lourde au fond de la gorge. C'est pour ça que je n'ai plus le courage de me lever. Le médecin qui m'a délivré ce diagnostic a des canapés à motifs. C'est une vieille personne riche. J'ai dû ouvrir la bouche et dire certaines choses secrètes. Comme par exemple que le monstre de la maison a l'intention de me tuer. La dernière fois qu'il m'a adressé la parole, il m'a laissé un message sur ma boîte vocale, une déclaration de guerre. Il m'a dit : « je te tuerai un jour, je te tuerai et personne ne s'en rendra compte ». Pour ce message-là, j'ai tapé 1. 1 pour que ma mère puisse l'entendre. 1 pour que la police l'écoute. 1 pour déposer une main courante. Une main courante c'est déposer plainte en sachant qu'il n'y aura jamais de punition pour le criminel et qu'on continuera de s'asseoir en face de lui, à table, tous les soirs.

Le médecin pense que je suis une petite fille qui a peur, mais ce n'est pas vrai. Je n'ai plus peur, je suis grande. J'ai juste une ancre très lourde à l'intérieur de moi qui m'empêche de me lever pour combattre le monstre. Le médecin dit que dans cette situation, avec une ancre en travers de la gorge qui déclenche des rivières de larmes quotidiennes, je ne pourrai rien combattre. Il me recommande une retraite, loin du monstre.

Je ne vais pas déménager. J'attends de ma mère qu'elle se relève. Ma mère est grande. Ma mère c'est une forteresse. Je n'ai jamais vu quelqu'un d'aussi fort. Le matin quand on doit se lever pour aller en cours, elle porte mes frères dans ses bras de leur lit au canapé, sans effort. Elle sort de son lit et se met debout sur ses deux jambes. Elle s'avance vers le monstre avec des yeux comme ceux des super-héros. Je l'appelle, depuis mon lit. Je crie pour lui donner de la force. Quand elle aura terrassé le monstre, elle viendra me porter dans ses bras deux berceaux, elle me transportera de mon lit, somnolente, au canapé où je regagnerai des couleurs.

Ma mère se tient debout, sur ses deux jambes, face à face avec le monstre. Elle s'arrête devant lui et le prend dans ses bras. Ma mère est une héroïne. Les héroïnes sont souvent belles et marchent aux côtés des héros. Quand les héros sont vainqueurs, les héroïnes les embrassent. C'est une double victoire.

Refuge

Ramène tes classeurs dinosaures pour construire une maison à ton enfant. Ramène l'enfant que tu es et viens construire une cabane chez moi pour que nous ne devenions jamais adultes. Je lui dis *prends, prends de la place*. Deviens constructeur. Construis avec moi. Construisons une maison.

On construit une petite maison avec les moyens du bord et on y met beaucoup de couleurs. On investit un espace à nous avec ce que l'on est pour construire ce que l'on sera. Je et Tu deviennent Nous de par leur façon d'investir l'espace. Chacun doit mettre du sien pour construire cette tribu de deux. Tu donnes tes classeurs dinosaures, ton assiette Batman collector, tes miniplateaux, et ta manique à étoiles. J'affiche mes billets de concert, mes photos d'enfant, mon coussin à poils longs, la photo du mariage de mes parents. Ce sont des objets d'enfant mais on les installe dans notre maison comme des adultes.

On vit comme en hibernation. On est des ours polaires qui se réfugient au chaud. On s'enferme avec beaucoup de nourriture. On a un minifrigo et un four qui cuit vraiment les choses. On ne fait plus l'amour comme des meilleurs amis, on ne cherche plus de prétextes à nos jeux, on vit pleinement, à la folie, l'amour-rêvé. Tu n'es plus à demi-installé, tu dors franchement à mes côtés. Tu m'embrasses le matin et je me sens belle. Je suis reine et tu es roi. Parfois l'inverse. Et quand je te prête des qualificatifs féminins, ça t'énerve.

On se connaît jusqu'au bout des griffes. Tu es le seul à bien me connaître. Tout ce que je suis, c'est mon amour pour toi. Pour que cet amour grandisse, il faut impérativement une maison. On vit l'aventure chez nous. Tout notre amour se tient dans cet espace. On essuie les tempêtes dans nos cabanes de draps.

On y a versé quelques rivières mais jamais comme nos parents. Toujours on est restés cousus tous les deux. Jamais tu ne m'as fait aucun mal. Avec toi, je me sens comme une enfant particulière dans un monde où nous réalisons des choses extraordinaires. Tu es ma famille. Les autres ne nous comprennent pas. Notre amour est indépendant du reste du monde. Le reste du monde, c'est celui des adultes, c'est celui qui est triste. Quand l'un y met un pied, l'autre l'attend comme un enfant. Jamais une sortie ne dure trop longtemps. Jamais on ne revient trop changé. On ne voudrait pas s'égratigner. On invente un langage spécial que seuls nous pouvons déchiffrer. On enlève la fin des mots, parce qu'on a hâte des mots de l'autre. L'histoire ne changera pas. Toujours, à deux, on sera dedans.

Mon amour pour toi est une maison. Tout le temps que je ne passe pas au travail, je le passe à la maison. Tout le temps que je passe à la maison, je le passe à tes côtés. J'arrange l'intérieur de notre cabane pour la rendre plus habitable. Plus l'endroit sera chaleureux, moins tu t'en détourneras. Pour que cet amour grandisse, il faut impérativement une maison. Je mets beaucoup de couleurs et brûle des milliards de bougies.

J'installe notre cabane de deux partout dans le monde : au travail, avec nos tribus d'amis, avec nos tribus de familles. Les mois et les années passent, on va partout par deux. On compte deux par deux, les gens nous comptent comme un. Je te tisse une maison que je couds à ta peau.

Quand on a des problèmes, on les efface par nos jeux. Je pleure souvent de peur que les fils de notre suture amoureuse s'effilochent, je m'agrippe maladivement à toi. Avant même que l'un s'en aille, l'autre lui reproche d'être parti. Dans ces moments-là, on se rappelle notre espace. On s'inscrit dedans. On s'accroche. Je pose mes mains au-dessus de tes yeux, je te ramène à nous. Tu m'imites. Front contre front, on construit un tunnel pour se rejoindre. Avec nos mains. C'est comme une petite chambre dans un navire de guerre, un endroit où l'on peut se boucher les oreilles, se fermer les yeux, se couvrir la bouche, face au monde qui nous attaque. L'un et l'autre on se sent plus fort, tu es ma maison et je suis la tienne. La puissance des amoureux nous englobe tout entiers. On va dans le monde avec une couronne de baisers sur la tête. La peur a disparu. On est liés à nouveau. On peut marcher comme on est, quitter nos costumes de singes pour l'aventure du monde extérieur. Les mots et les baisers de l'autre nous grandissent. On s'épanouit. Un seul et unique un.

Je mesure l'étendue de notre amour à la permanence de notre intérieur. Chaque objet me rappelle que l'on est deux, me rattache à notre tribu. Quand je veux couper quelque chose et que je sors par hasard ton couteau à viande, je souris jusqu'aux oreilles. Avec ce couteau, je te raconte comme je dépècerais les personnes qui chercheraient à t'arracher à moi, je raconte comme on est tellement l'un dans l'autre que nous ne sommes plus reliés par une couture mais par la peau même, je dis *ta peau est ma peau et pour nous séparer il faudra me déchirer en deux*. Ça te fait sourire. J'aimerais que tu souries tout le temps.

Tu as mal. C'est une douleur que je ne peux pas guérir. En te serrant contre moi je me fais éponge et j'imagine, que si la peine est partagée, l'équilibre se maintiendra. La douleur qui grandit en toi, j'essaie de l'absorber pour te soulager un peu du poids. Ce soir, tu me dis en regardant le fond de ton verre, tu m'avoues, *j'ai ça en moi*, envie de mourir. Je pense à ma mère et j'ai soudainement terriblement peur, peur que tu t'endormes pour toujours, peur que tu ne veuilles pas aller bien. Je te dis, le visage baignant dans la rivière, *je ne pourrai pas*. Je ne pourrai pas, quand bien-même je le voudrais, te sauver. Je me sens petite à nouveau, impuissante face à la violence extérieure. Alors, je me jure très fort que je le pourrai. Oui, je ne t'abandonnerai pas. J'aurai la force de te porter, sans jamais lâcher prise. Je t'exhorte à sourire, je te pousse au bonheur et parfois, j'ai l'impression que ça marche. Je m'occuperai de toi et de notre maison, j'entretiendrai notre amour et y mettrai des couleurs partout pour effacer la tristesse.

On est deux enfants malades. On a tous les deux avalé des ancres qu'on a jamais vraiment recrachées. Peut-être qu'on s'est rencontrés parce qu'on avait les yeux rouges. Tous les deux on a des moments de peur, des moments où l'on tousse de la rouille. Mais tu es là, à mes côtés tous les matins et moi, à tes côtés toutes les nuits, et tu sais que s'il y a quoi que ce soit, je bondis, je veille. Ton amour me protège, plus que celui de mes parents ne m'a jamais protégée. Ton visage est mon visage mais il m'effraie moins que celui de ma mère. Ton corps est mon corps et cela me rend plus grande. Avec ton visage et ton corps, même en temps de peur, même en temps de tristesse, je veux grimper aux arbres et je me sens d'aller dans le monde des adultes sans faire ni le singe, ni le sanglier.

Alpinisme

Avec ma nouvelle famille, en quittant l'école, on a pris nos planches de bois sous le bras pour aller à notre guise, les installer un peu partout. On ne reste jamais longtemps dans un endroit. C'est une longue randonnée. Chaque nuit on fait une halte. Continuellement, on construit un abri pour le détruire le lendemain.

Rien ne dure. Rien ne compte hors ce que l'on fait à l'instant présent. Sans autres attaches que celles qui existent entre nous, on escalade la montagne, reliés par une corde que l'on sait incassable.

On met un pied devant l'autre en transportant nos planches. On construit en grimpant. On avance, c'est notre façon à nous de consolider la maison.

Il y a des rôles bien définis. Il y a ceux qui tirent, ceux qui poussent, ceux qui se laissent tirer. C'est un moment de partage, comme une activité familiale du dimanche. Ce sont des épreuves sportives mais amusantes, on ne se sent pas concernés par le résultat, on pratique tous ensemble et *il n'y a pas de meilleur*.

Je mens. Il y a toujours des meilleurs, même quand on se voudrait tous égaux, même quand on ne voudrait pas qu'il y en ait. Il y a toujours des meilleurs et souvent, la corde qui nous relie, s'use à force d'être tirée de tous les côtés.

Depuis l'école déjà, on sait cela. Qu'il y a une course, qu'il faut la gagner. Tout le monde s'en branle de la participation.

Il y a ce qui est de l'ordre du jeu et ce qui est de l'ordre de l'effort. Il y a ce qui relève du souhait et ce qui relève du défi. On n'a rien sans rien. La vie ce n'est pas une suite d'aboutissements de ses rêves. C'est, à la rigueur, une suite d'épreuves qui, une fois passées, ne sont plus amusantes du tout et s'imposent comme les jalons d'une course qui n'en finit plus, estompent le rêve et le frisson du voyage et nous laissent des courbatures désenchantées.

Dans toute famille comme dans toute équipe de grimpe il y a des règles, il y a des fils qui relient les gens et ça ne se noue pas n'importe comment. Moi j'ai attrapé la corde avec mes dents. J'ai promis à tous les autres que je serai dans l'équipe de ceux qui tirent.

J'ai effroyablement mal aux bras. Est-ce que ça saigne ?

L'alpinisme m'épuise. On est surchargés, sur-enveloppés, sur-équipés. Enchaînés à notre corps par l'effort, on est trop fatigués pour penser. On grimpe depuis tant de temps, que je manque de recul quand j'essaie de considérer l'avancée du trajet. On n'arrivera jamais, voilà la vérité. Si je marche, c'est simplement pour garder la face devant les autres. Je veux rester tribu, c'est stupide, c'est idiot mais je veux être des leurs, alors je tire.

Le plus absurde, c'est que personne ne me force, je m'y jette toute seule dans l'alpinisme. Vu de loin, le défi flatte quelque chose chez moi, alors je me lance. Et à chaque fois je regrette à mi-parcours mes jambes ankylosées, mes poumons encrassés avec ma tête rouge, homard desséché.

J'aurais pu dire, avant l'expédition, *ça ne me dit trop rien. Je préférerais rester à la maison*. Mais je ne sais pas faire. Je ne sais pas refuser. C'est une maladie. Il ne faut pas se plaindre, c'est ennuyeux les gens qui se plaignent, c'est nul les victimes. Il ne faut pas refuser l'effort parce qu'alors les gens nous regarderaient de travers et on a déjà l'air flemmards parce que notre travail ne se quantifie pas. On n'est pas rentables. On est périmés. Alors, par opposition, on surproduit.

C'est toute ma fierté. J'ai construit avec une famille, ce n'est plus un rêve. Nous sommes une tribu autonome. On a tellement marché ensemble que les gens aujourd'hui nous comptent comme un. La liberté de faire ce métier de fous, on l'a gagnée ensemble. On l'a arrachée en se tuant à la tâche et ce n'est pas une expression, comme ça, jetée en l'air. Mon travail ressemble de moins en moins à un rêve de petite fille et de plus en plus à une maison de fous.

Il y a des intempéries, les planchers sont rudimentaires, c'est charmant mais épuisant de devoir sans arrêt réfléchir à des solutions d'urgence.

Ce n'est pas un hasard que chacun ici soit relié à l'autre par une corde. Ici tout le monde est malade affectif de construction et effrayé par les maisons vides. Ici, on chante tous d'une seule et même voix pour ne pas entendre l'écho de la nôtre. Ici on escalade la montagne, sur les mains, la tête à l'envers pour ne pas voir la marche normale du monde. Ici, on se dit toutes les choses qui nous persuadent d'être des enfants particuliers. À force de se les dire, on prend conscience qu'on est tous les miroirs les uns des autres et de rage, on finit par se marcher dessus.

Aujourd'hui, je surprends chez moi, comme quand j'étais plus petite, une envie de couper la corde qui nous relie les uns aux autres, une envie brusque de tuer le groupe entier en le laissant dévaler dans le ravin. Par curiosité. Pour savoir combien je pèserais si je n'avais à soutenir que moi.

Je voulais être de l'espèce des bâtisseurs. Je voulais être grande. Je grimpe, je m'acharne dans l'effort, pour construire une maison qui me fera grandir, mais plus j'avance, plus je rapetisse. Très haut sur la montagne, l'oxygène manque, c'est une sensation étrange, comme si notre cerveau était compressé par un forceps imaginaire. Mon crâne a pris une forme triangulaire dans l'effort. Je suis en train de m'asphyxier mais j'ai trop peur de redescendre. Je ne voudrais pas finir seule en bas de la montagne, à attendre les autres au point relais avec mon sandwich. Mais je ne voudrais pas non plus qu'on me retrouve un jour, homard desséché sur un rocher au soleil, morte d'asphyxie, à mi-parcours sur une montagne.

À force de tirer, je me fais machine. À force de me fondre dans les autres, je perds mon visage. Je ne regarde pas le paysage, la curiosité n'a pas sa place. J'avance, je construis. Je pourrais m'arrêter pour reprendre mon souffle et me regarder dans un miroir mais il n'y a plus d'oxygène et je n'ai pas de reflet. Je n'ai pas de place. Je pourrais dire, une fois pour toutes : *je suis ici par erreur, je ne suis pas une alpiniste, je suis une petite boule, je vais me laisser rouler et redescendre jusqu'en bas* mais je ne veux pas être la dernière, je ne veux pas être une victime et me laisser rouler jusqu'au sol. Je ne veux pas être seule. Je continue mon ascension. Et je rapetisse inexorablement parce que je n'ai pas construit de refuge pour y faire des haltes. Je n'ai pas dessiné d'espace pour moi-même.

Le médecin avait raison, je suis devenue petite et, quand je serai arrivée tout en haut de la montagne, je ne serai plus qu'un petit point.

Nom féminin

La cabane a un sexe et il est féminin.

Quand j'étais plus petite, je ne comprenais pas pourquoi mes parents m'avaient donné un prénom aussi bizarre, j'aurais aimé un prénom plus épatant comme ceux des héroïnes de mangas. Un prénom sensuel parce que je rêvais d'être belle évidemment – je voulais le pouvoir – et un prénom violent à la fois. Le prénom d'une guerrière sexy, en somme. Je n'ai pas trouvé le mot pour être forte et désirable à la fois. J'ai du mal à construire une cabane solide avec mon prénom.

Un mot, plus encore qu'une maison, c'est nécessaire pour grandir. Si j'arrive à m'écrire correctement, je devrais pouvoir me lire. Je saurais alors. Je saurais comment m'appeler.

Je parcours à pied chaque lettre, de mon nom, j'en fais le tour. Je me demande pourquoi les autres prénoms féminins ont toujours des consonances maternelles. Je me souviens de ma mère qui réveillait mes frères le matin et les portait de leur lit, tout somnolents, au canapé du salon où elle leur servait le petit déjeuner. Mes frères étaient, à l'époque, bipèdes depuis bientôt cinq ans. Je me demande si c'est une compétence féminine que de porter, d'accueillir. Je ne me souviens pas que ma mère, ni qui que ce soit, m'ait portée de mon sommeil, au réveil, m'ait accompagnée de la nuit au lever du jour. Je n'ai rien porté de féminin depuis que j'ai laissé mourir ma mère sur le trottoir. Je me demande pourquoi les femmes ne se portent pas entre elles.

Je n'ai pas des bras assez forts pour porter mon amoureux au sens propre mais j'ai pris la manie de ma mère, de le considérer comme un enfant. J'ai pris cette manie de porter et de m'en vouloir si la pluie passe à travers le toit de mes mains. C'est un homme. Je suis sa maison. Je porte et protège de la pluie, c'est écrit partout. Je marche un bout de temps sur la lettre C, je marche pour m'interdire de dire le reste du mot, qui me fait serrer les dents.

Je ne sais pourquoi mes murs s'effritent. Le temps en moi a passé et a fait ressurgir Je et Tu. Une barrière de petits déchets quotidiens s'est dressée au milieu du lit. Tu travailles dans le noir et moi l'inverse. Tu te couches quand je me lève et tu me dis parfois que je dérange ton sommeil avec mon réveil. On est devenus Soleil et Lune, on ne fait plus que se croiser. J'essaie du mieux que je peux de me faire cabane, seulement cabane, mais que veux-tu, sur la lettre C, il y a aussi le mot colère, de vouloir parfois être portée moi aussi.

Tu n'as même plus à parler. C'est de t'entendre souffler qui m'arrête. Et je saute sur le grand A de l'amertume.

Certains matins, brusquement, comme si je fatiguais sous un poids invisible, je te lâche, je te laisse tomber. Je m'écroule et toi avec. La maison est inondée et envahie par des flots de reproches silencieux, l'eau filtre au travers et on a perdu l'envie de soutenir le barrage. On fait la sourde oreille. Ça demande énormément d'énergie de concentrer tout son mental sur un monde parallèle, un monde sourd à son égoïsme assourdissant. Une maison, ça s'entretient. Si l'eau y stagne, infiltre le bois, les fondations pourrissent. On ne se reconnaît pas. Ça fait des semaines que parfois, tu ne sais pas où tu habites, je le sens. Tu ne reconnais pas mes murs. Tu me regardes comme si je parlais hongrois et je te réponds en araméen. J'arrête de te réveiller le matin, pour ne pas voir cette incompréhension. Avec ce poids dans la gorge parce que nous n'avons pas fait l'amour la veille et que je me dis qu'on aurait dû le faire parce que c'est ce que font les amoureux quand ils s'aiment.

Je pense encore que les mots résolvent tout, mais quand j'amorce des phrases avec toi, j'en perds la fin. Je bafouille. Sur la lettre B, mes pas sont hésitants. Ne sachant par quel bout prendre les choses, ma langue se revêt d'un filtre, celui de la mère, je te parle avec des mots que je crois féminins, c'est-à-dire : je pleure. J'ai des milliards d'envies que je tais, ne sachant plus comment les écrire. J'ai le désir de voyager. Je n'ai pas moi-même de port d'attache. Je crois naviguer du C au A, quand je suis déjà ailleurs, bâillonnée.

Cet amour parfois pèse si lourd. Je sais bien que ce n'est pas de ta faute. Je sais bien que c'est moi qui ne sais pas aimer sans avoir peur pour l'autre. Je voudrais te dire *je t'aime* dans une autre langue. Mais je n'en ai appris qu'une seule. Je ne sais pas aimer autrement.

Je suis une femme et je suis une maison. Je ne sais pas si j'ai envie d'être une maison, juste une maison, juste une estrade de planches, juste un abri, juste une mère, juste un refuge, juste une amoureuse, juste une petite fille. Ne sachant pas ce que je veux, je reste un long temps sur le A de l'absente. Je reste et je ne fais rien.

Mes frères, il y a des années, avaient dessiné une justicière qui, un peu comme *Spiderman* et ses toiles, expulsait quelque chose de sa main, face à un gigantesque dragon de dix fois sa taille qui crachait du feu. On lisait sur sa tenue de super-héroïne, la première lettre de mon prénom ; le dragon rendait sont dernier souffle d'un *aaargh*, que mes frères avaient inscrit dans une bulle.

Ma mère, régulièrement m'offre des vêtements pour le futur enfant que j'aurai. Comment lui dire, que je ne peux pas être une vraie mère parce que je suis devenue un objet ? Comment lui dire que je suis déjà une mère ? Comment lui expliquer que je n'ai rien à donner à un enfant parce que je donne déjà toutes mes possibilités féminines dans mon travail et ma maison ? Et qu'une mère selon moi, doit porter ses enfants dans la joie des super-héros, et que de la force je n'en ai pas, ni de la joie non plus ? Que je me sens trop petite ? Que je n'ai pas de mots pour me définir, autres que toutes ces lettres qui ne font de moi qu'un objet ou un sexe ? Que je suis un nom féminin indéfini ?

Les rêves se réalisent mais les super-héros n'existent pas. J'ai l'impression que je vieillis à vitesse grand V, que je passe ma vie à abattre des dragons mais que je n'ai plus de toile d'araignée en stock et que mon poignet crachote comme une vieille carne, les deux-trois fils qui lui restent. Je voudrais pour toujours être la justicière de ce dessin. Je voudrais mourir en martyre, porter des parpaings de dix fois mon poids. Je voudrais être une super-héroïne.

Et je crois que j'aimerais aussi être un faucon, un karatéka, un tueur à gages, une femme fatale, une interprète de renom et une espionne redoutable. Je voudrais surtout me laisser être ordinaire, une fille un peu fatiguée qui s'allonge dans un canapé pour tricoter pour son simple plaisir, pas nécessairement pour faire un manteau à son enfant.

J'ai la mémoire brouillée. Il y a certaines images dont je ne saurais affirmer la véracité. Les visages se mélangent. Cette femme qui portait mes frères le matin, était-ce bien ma mère ? Cette personne qui te porte, est-ce bien moi ? Sur la lettre N, n'habitent que des femmes-nourrices. C'est le centre névralgique de ma définition. Ce visage que j'ai pris – ne sachant pas en choisir d'autre – ce visage est trop petit. Ton visage est mon visage, ta peau est collée à mes os, mais la greffe ne fonctionne pas – quelque chose en moi d'indéfini rejette ton visage – où est le mien ? Je m'enfuis aussitôt de cette lettre que je ne veux pas familière.

Je suis une maison vide. Il y a toujours quelqu'un qui m'habite mais ce n'est pas moi. Je ne suis plus mon nom, ou je l'ai oublié. Je ne suis plus une guerrière sexy, ni une super-héroïne, je suis une structure porteuse. Je suis un objet de sexe féminin qui a peur d'être arrivé à péremption, à l'heure du reclassement. Je suis évidée. Je ne suis plus qu'un lieu.

Un passager

Mon travail m'appelle ailleurs. Mon travail m'appelle longtemps. Je me découpe. Je quitte la maison que j'ai été. Je dis au revoir à Tu sur le quai de la gare, je monte dans le train et je pleure toutes les rivières du monde. Je crois qu'on m'a arraché la peau. Je n'ai plus de maison, plus de visage, plus d'identité, plus rien. Je crois que je suis morte.

Les jours passent. Je me déplace, mes planches sous le bras, toujours vivante, au bout du compte. Moi qui ne parlais pas la langue de la solitude, prends conscience de ma capacité de survie en zone étrangère.

Tu, aussi loin que je m'en souvienne, a toujours été au centre de mon orbite mais depuis quelque temps, je reviens souvent ici, devant un manège, où tourne continuellement ce garçon aux cheveux longs qui me sourit, bêtement.

Il ne s'explique pas que je lui trouve quelque chose qui attire mon attention. Pas grand-chose, simplement, il m'intrigue. Il est très différent de Tu. C'est si bête d'accorder autant d'importance à Il. Tu, c'est toi, Il n'est qu'un *il*. Mais il prend de la place, mine de rien.

Depuis qu'Il est entré dans ma vie, les phrases que je fais à Tu sont de plus en plus indéfinies. Les phrases que je me fais à moi-même, elles, sonnent comme des justifications.

Il fait du manège tous les jours. Il a cette façon de planter ses yeux dans les miens, avec défi, comme s'il m'annonçait une catastrophe naturelle. Ça me bouleverse. J'aimerais dire que je m'en fiche, que je suis de marbre mais ma maison, je crois, est en matériaux légers et le vent souffle à en faire trembler les fondations.

Il caresse tout le monde avec les yeux. Il est un séducteur invétéré. Raison de plus pour ne pas la perdre, la tête. C'est un joueur qui lui aussi, joue depuis la nuit des temps et avec tout le monde donc je ne suis pas particulière.

Il ne parle jamais. Il communique avec les yeux. Ça peut paraître compliqué, ça ne l'est pas. Ça se comprend très bien. Il est intelligent et sait parfaitement quand ses caresses silencieuses touchent. Il se défie des mots mais n'a pas peur de jouer et c'est effrayant.

Depuis chez nous, Tu ne m'as jamais semblé aussi loin. Je suis très loin de moi, très proche de lui. Je me sens étrangère mais, pour une fois, c'est grisant d'être la nouvelle, je me sens forte même si je n'ai personne à impressionner. Je suis grande. Ma maison ne me manque pas tant que ça. Le nouveau ne m'effraie plus du tout.

La répétition fait qu'on prend des habitudes très vite. La place du manège, je l'arpente comme un poisson rouge, tous les jours, dans le même sens. Mes journées se ressemblent dans leur simplicité. L'espace est miniature, c'est un jeu de société. Je connais vite toutes les cases par cœur et ne m'y sens plus si petite. C'est l'été dans un damier. Les choses sont blanches ou noires, ça ne demande pas de réflexion. Je me donne un peu, au spectacle de ses yeux, qui passent quotidiennement dans les miens et m'exhortent à jouer avec lui.

Je joue le rôle d'une petite femme dans un bocal, il tourne en rond et je fais de même, j'évite de m'arrêter, qu'il me rattrape. Il tourne dans son manège. Je suis la femme qui fait des ronds. C'est plaisant de jouer comme une enfant. Dans ce jeu de société, une petite femme tourne sans cesse autour d'un manège et Il la suit. Deux poissons rouges dans un bocal, jouent à chat. La femme-poisson joue le rôle de celle qui est pourchassée, l'homme-poisson, le rôle du chasseur ; mais à terme, et à force de tourner en rond, on ne sait plus vraiment qui suit qui. C'est un jeu sans prétention.

Je suis trop grande pour monter sur ce manège et en même temps, au fond de moi, quelque chose se soulève ; un sentiment de toute-puissance, le bonheur de retrouver les choses comme un jeu d'enfant. Je sais que je joue dans le camp des méchants, alors je tourne mais avec contenance. Ce soir, je suis en colère contre tout le monde pour ne pas penser que je suis énervée contre moi. Je suis en colère contre lui et ses yeux qui me font naviguer à leur guise sur l'échiquier du ridicule.

Je ne voudrais pas finir comme ces comédiennes qui se prennent à leur propre jeu, qui ne distinguent plus la réalité de la fiction. Mais je ne veux pas être une femme en cage non plus et, quitte à choisir ma vie, je voudrais qu'elle soit du côté de ceux qui ont des stickers Pokémon accrochés au mur, de ceux qui sont fous. Qui sont prêts à naviguer dans des rivières de larmes au prix d'une île déserte qui porte un air de liberté comme le costume de la justicière qui terrasse le dragon.

J'ai grandi. Je ne veux pas être une enfant qui s'enferme dans ses jeux pour ne pas voir le vrai visage du monde. Le monde imaginaire n'a jamais mis à mal le monde des adultes. Ma cabane, bien réelle, ne s'écroulera pas sous le poids ridicule d'une pauvre petite histoire. Ma cabane est bien plus forte que la fiction et je m'accroche à la réalité alors il ne m'arrivera

rien.

Je me suis arrêtée pour reprendre mon souffle. Je me suis laissée soulever par ses bras et les deux pieds sur le plateau tournant du manège, il l'embrasse. Ce n'est rien, ma tête se tient sur mes épaules et, froide, tiendra la distance avec les mots. Mais je ne dis plus rien. Je laisse faire et je fais. Et à mille kilomètres de ma cabane, les mots que j'envoie à Tu, je m'en rends bien compte, sont de plus en plus elliptiques. Laconique, ma mémoire de notre maison et de notre lien. Il est très différent de Tu. Il ne reste pas au bord du lit, il le prend d'assaut. Ma tête n'est plus raccrochée à mon corps. Elle tourne sur elle-même, de plus en plus vite. Où est-elle ?

Où avais-je la tête ? Mon corps a parlé sans ma tête. Mon corps s'est réveillé pendant que je rêvais. Ce n'est pas moi, c'est mon corps. Ce n'est pas toi, c'est lui.

Il est beau et simple comme un jeu d'enfant d'être avec lui. Il a une bêtise franche et une façon de se rire des choses. Une façon de se rire de moi, de mes angoisses et des siennes qui nous rend ridicules. Je suis abêtie par ce tournoiement. C'est agréable, de se sentir ridicule. Petite, face au reste du monde, petite fille pas finie, petite folie d'un instant, petites préoccupations de petite femme. Pas franchement grave d'être si petite.

Je crois qu'il est heureux et que son sourire ne dépend pas de moi.

Il me traite vraiment comme une enfant, alors qu'il n'est qu'un petit garçon, lui aussi. Mais je crois qu'il le sait, qu'il se rit de lui autant que de moi. Même la tendresse n'est finalement qu'une plaisanterie qu'on se joue de temps en temps parce qu'on sait qu'elle se termine, on le sait tous les deux et nous ne sommes que de petits enfants dans un manège qui fait son dernier tour. Il ne se pose pas de questions sur le monde, du moins, il n'en donne pas l'impression. Il est dans le sien, c'est tout. Il n'aime pas les mots. Il m'a dit, *les mots me font me sentir petit*. Il fait, il ne dit pas. On est plus honnêtes que de vieux amis, on ne prend pas la peine de se faire croire en des choses extraordinaires, comme si on avait vécu de très nombreuses vies dans ce jeu du mensonge.

Chaque siège du carrousel, on l'investit, on y incarne tous les rôles. Plus on se déguise, plus je me découvre. Ses yeux ne réveillent que les miens, pas ceux des autres dont je me fous. Pas même ceux de mon amoureux que j'ai oubliés. Je n'ai pas honte de moi, de mon corps qui a remplacé ma tête. C'est bizarre, le désir ne me gêne plus, je l'érige en maître.

À force de tourner en rond dans un manège grand comme un mouchoir de poche, la femme et l'homme poisson sont pris à leur propre jeu. Ils n'arrivent plus à descendre du manège. La tête vaseuse et les jambes cotonneuses, j'ai froid aujourd'hui dans l'été. Je me regarde en face pour la première fois, je remonte instantanément et, d'en haut, je n'ose même pas m'interroger : *suis-je assez détestable ?*

Puis, comme c'est devenu une habitude, je serre les dents et me remets au travail. Je sais que j'ai peur, peur de faire souffrir Tu. Mais je suis aussi en colère, comme si je récupérais quelque chose de légitime que Tu m'avait volée. Comme si je me vengeais. Comme si Tu voulait peindre le sol sous mes pieds et que de rage, je lui coupais la tête.

Je ne serai pas le monstre que je pourrais être. Je sauverai Tu. Je nous sauverai. Je ne me sauverai pas. Je descends du manège.

Il est assis sur un cheval de bois, les jambes dans le vide, on s'enlace et je lui dis qu'*à partir de maintenant je ne jouerai plus jamais* avec lui. Son corps se raidit si brutalement, je ne m'y attendais pas. Il me saisit tout entière. À cet instant, les jambes dans le vide, je ne contrôle plus rien et je perds les mots pour lui dire au revoir.

C'est le dernier jour que nous devons passer ensemble dans ce carrousel. Je n'arrête pas de me convaincre que *ce n'est qu'une passade*, comme il me le dit si bien. Il n'est qu'un passager. Ce n'était qu'une attraction. Je ne vais pas perdre la tête parce qu'il m'a payé un pauvre tour de manège, je ne suis pas une enfant. Ses yeux sont silencieux aujourd'hui alors que d'ordinaire on ne se perd pas de vue. Je voudrais le rattraper, je voudrais dire quelque chose. J'ai la gorge nouée et je ne dis rien. Peut-être que je viens de dire, *c'était bien* ou *tu vas me manquer*, je ne sais pas. Et Il rigole, comme d'habitude. On est là, à regarder passer, le temps, je voudrais tellement qu'Il s'arrête de rire. On se moque de tout, si fort que ça n'a plus rien de franc. Je me sens complètement vide. J'ai mal au cœur. J'ai l'impression que même la partie terminée, je suis forcée de jouer au poisson rouge sans savoir nager et ça ne me plaît pas.

J'ai la nausée et je me penche, tête en bas, je regarde les pavés et je voudrais le pousser par terre, qu'Il tombe et que sa tête explose en tout petits bouts, histoire de ne plus l'entendre, parce qu'Il ne dit jamais de choses sérieuses. Il se moque de moi.

Je mens. Je voudrais qu'Il arrête de rire et qu'Il me prenne dans ses bras. Je parle d'amour. Je parle d'amour puisque je pleure. Il ne s'en rend même pas compte. Il n'est pas simplement beau comme un jeu, Il est aussi méchant et égoïste qu'un enfant et il est simple oui, de perdre avec quelqu'un qui joue si bien. Et moi, je redeviens celle que j'étais au départ. Je me bâillonne quand je voudrais secrètement hurler.

Je descends du manège. Je me retrouve comme à mon arrivée à la gare, un pied à terre et je ne sens plus le sol sous mes pieds. Ça tourne. Le tour est fini mais le sol n'existe plus. Dans cette vaste plaisanterie, dans ce jeu, il y avait des milliards de cabanes et je ne m'en rendais pas compte. À force de se retrouver constamment, on s'installe. J'ai élu domicile sans même déménager. Je suis bloquée dans un mouvement circulaire et je dors dans la nacelle de la grande roue. Lui s'installe à chaque endroit de mon corps, partout, je ne m'en rends compte que maintenant. Maintenant, qu'Il me tient la main. Il dit quelque chose mais j'ai les oreilles qui sifflent. Ou peut-être était-ce mon train ? Je monte à bord. Il se tient sur le quai. J'ai l'impression que sa main tremble. Il lâche la mienne et j'ai la vue qui se brouille. Il m'embrasse, je le mords – je me dis que peut-être ça provoquera un accident, les secours arriveront instantanément, ils devront arrêter le train, la gare entière et le temps. La porte se ferme. Il y a trop de souvenirs. Je ne suis pas une enfant et tout ceci n'est qu'un jeu, depuis longtemps je ne pleure plus quand je perds, alors je souris. Il rigole toujours mais, pour la première fois, je trouve son sourire inquiétant. J'ai le sentiment qu'Il veut rire pour s'interdire de pleurer. Cramponnée à la poignée de la porte, je glisse sur la droite, avalée par un tunnel, Il disparaît et je lâche prise.

Cage

Aspirée par un train à grande vitesse qui en quatre heures fait défiler un mois entier, et me ramène à la réalité, me ramène à mon mensonge, à nous, j'ai l'impression d'être jetée comme un morceau de chair contre un billot. Je pleure comme une petite fille un jour de rentrée.

J'arrive à la gare – pourquoi faut-il toujours que les gares soient si dramatiques ? – et Tu es là, tu m'attends. Tu me serres fort contre toi et à cet instant je comprends pourquoi les adultes ne croient plus au monde imaginaire. Si j'étais restée deux mois dans mon manège, j'aurai tant vieilli que mes os sous ton étreinte, se seraient brisés. Je recolle les morceaux de moi-même déchirée il y a un mois et tu me raccompagnes à la maison.

De retour chez nous, tout est brusquement si familier et étrange à la fois. C'est insupportable. Ce que j'avais oublié me revient au visage avec violence. Il y a sur mon bureau notre bonsaï. Il est mort cet été. C'est amusant de réaliser à quel point notre vie parfois ressemble à une sitcom. Le couteau à viande qui me faisait sourire est là et m'attend. Je regarde la lame et j'y vois mon reflet flou. Je m'y vois. Ce que je me déteste. C'est moi qu'il faut dépecer.

Rien n'a changé mais cette maison, je ne la reconnais pas. Les photos sur les murs, c'est nous. L'odeur, c'est la même qu'en te quittant, mais je l'avais oubliée. Mon odeur à moi a changé, elle sent le monoï, l'été et j'en ai l'impression, son parfum bon marché, à lui, qui a dû laisser un bout de sa personne sur la mienne. Mon visage et mon corps ont changé. Et si tu t'en rendais compte ? Si tu voyais des traces sur ma peau ? Moi qui pensais que les plaisanteries ne laissaient pas de marques, je vois maintenant les stigmates de mes jeux d'enfants sur tout mon corps. Des griffures et des marques de baisers imaginaires, son odeur qui ne s'en ira pas après plusieurs douches. Il est partout et je suis chez nous, là où il n'a pas sa place.

Tu as une moustache. Je suis anéantie de ne pas te reconnaître tout en sachant que tu es le même et surtout qu'au fond, c'est moi qui ai changé, moi qui t'ai effacé.

Cette maison, c'est la mienne mais ce n'est pas moi. Je ne suis plus une maison. Je ne suis plus Nous.

Je suis revenue comme une enfant qui ne pensait pas à mal. Ça, sans doute, me manquait, ne pas penser, jouer comme une enfant. On a grandi ensemble et c'est sérieux, ce n'est pas un jeu. Nous sommes des adultes. Je suis devenue une adulte. Je suis une menteuse.

Brusquement, je pense à ma mère. À elle qui est partie,

qui dans Papa-Maman a décidé de mettre un coup de ciseaux et je me demande si elle a ressenti cette asphyxie. Je pense à l'alpinisme qu'elle n'aime pas, à sa solitude et sa tristesse qui m'effraient et m'attirent. Je pense à sa culpabilité constante et à la mienne. Je me dis que je suis bien sa fille.

On se couche côte à côte. Chaque seconde, je me remémore l'histoire de nous deux et je ne comprends pas comment j'ai pu lui préférer un jeu. Je pense *patience*, je viens de rentrer chez moi après une longue absence. J'ai besoin de retrouver mes repères. Mais cette nuit, je suis terrorisée. Chaque fois que tu me touches, je nous efface un peu plus. Ma tête est là, elle sait, que je suis chez nous, que tu es là et que Tu et moi fait un ; mais mon corps est réfractaire, il se compte tout seul, il n'a plus la mémoire du tien. Il est comme un animal traumatisé qui ne veut plus se laisser domestiquer. Il est bloqué.

Chaque seconde que je passe à tes côtés dans cette cabane me rappelle à quel point ses parois sont fragiles. En moi, explose un sentiment déjà vieux. Ces murs, ces couleurs. La familiarité m'effraie. Tes classeurs dinosaures me rappellent l'enfant que tu es et que je ne veux plus porter.

J'ai la tête ailleurs et mon corps honteux dans notre lit. Je suis comme éteinte et tu le sens. Tu es piqué que je sois triste de rentrer. J'avais pris l'habitude de ne jamais sortir de notre monde, je dois te paraître étrangère. Tes caresses me ramènent à toi comme si en dehors de tes bras, il n'y avait que la guerre. Mais personne ne nous attaque. *Il n'y a per-*

sonne, on est en sécurité. Tu calmes la tempête mais tu ne fais que te couvrir la bouche. Les endroits que j'aime, tu les détestes, je le sais. Tu veux me garder tienne si fort que ça m'effraie. Les parois de notre cabane ne sont plus chaleureuses, j'ai l'impression, c'est un cauchemar, que les murs se resserrent, j'étouffe. Tout ce que j'ai bâti pour nous abriter, m'attaque. Tout ce que je suis, me tue. Je sens notre espace se rétrécir par tes angoisses. Je me sens maintenant pleinement responsable de tes longues traversées de tristesse. Je m'aime de moins en moins.

Je t'aime passionnément, mais je n'ai pas le courage de te dire les choses. La passion te manque, je n'ai pas les mots. Tu cherches à reconstruire notre cabane de draps. Je n'ai plus la force de grimper des montagnes au-dessus du désir. Le désir ne m'a jamais fait aussi peur. Tes yeux gloutons ne sont plus juste gourmands, ils sont affamés. Ils me terrorisent. Je me sens responsable encore. Je ne me sens pas assez. Je n'arrête pas de répéter *je t'aime mais je ne me sens pas assez.* Je ne me sens pas belle. Je n'arrive pas à te le confier.

J'essaie de me souvenir d'avant. Avant que je joue à perdre la tête. Comme j'étais heureuse. Comme nous étions deux. Mais j'hallucine en barreaux les voiles de notre bateau. *Si tu n'as pas envie, tu n'es pas obligée* – tu me dis avec les yeux. Ça me foudroie. Je ne veux pas me sentir obligée, je veux vieillir à tes côtés et porter tes sacs de courses quand tes pieds ne te porteront plus. Je mets toute mon énergie pour que ce moment soit beau et puissant. Je le veux comme ça, parce que j'ai placé notre amour sur un autel. Mais mon corps est bloqué par la honte. Nos corps s'enlacent difficilement. Je me compte secrètement comme une personne différente. L'addition ici est impossible, il y a une traître dans le Nous. La maison se transforme en cage parce que je n'ai pas respecté ses règles. Je colle mon front contre le tien, plus fort, mais je sens tout l'espace qui nous sépare occupé par ce gros mensonge. Je comprends que si je souhaite nous réunir à nouveau, ce mensonge, je dois lui crever le cœur. Je dois te parler.

Sens dessus dessous

Au bord de l'eau, tu te tiens à côté de moi. On regarde droit devant nous, nos yeux ne se croisent pas. Entre nous deux, un gros anneau en fonte. Pour ne pas redevenir un singe et fermer les yeux, j'accroche mon regard à l'anneau, qui, je pense, ne doit pas être utilisé pour les bateaux. Posé, là sur ce quai, il ne sert à rien d'autre qu'accrocher le regard.

C'est le jour de la vérité. Je vais te raconter une histoire. Plus le temps passe, plus l'histoire vraie me rend fausse, à force de la taire. Alors j'accroche bien mon regard à l'anneau et je me jette à l'eau.

À demi. Je livre tout au goutte à goutte. Il ne faut pas croire, comme ça, je n'ai jamais vraiment été une super-héroïne. Je ne veux pas jouer la victime non plus mais affronter ton regard, je ne peux pas. Les yeux sur l'anneau, je voudrais y nouer une corde pour nous arrimer l'un à l'autre mais ce serait se mentir encore, ignorer que cet anneau, depuis longtemps ne sert plus à aucun ancrage. Tu te lèves brusquement et j'ai trop peur de croiser tes yeux. Je ne veux pas te voir pris dans les phares, je ne veux pas lire de tristesse, je ne veux pas comprendre ta déception.

Je vois tes pieds sur cet anneau. Je comprends qu'ils ne sont ni égarement, ni tristesse, ni déception.

Ils sont la colère. Il y a tellement de colère dans tes pieds, je ne peux pas lever les yeux pour en découvrir plus. Je m'interroge, vas-tu me frapper avec ces pieds enragés ? Vas-tu me jeter dans l'eau ? Vas-tu y plonger avec moi ?

Mais tu t'en vas sans me tuer. Toute ta colère, tu la diriges contre cet anneau substitut.

Je regarde l'anneau piétiné. Je te regarde t'éloigner sur le quai. Tu te retournes et me regardes une dernière fois. Ça fait comme un *crac*. L'anneau se fend.

Je pense à ce jour où je t'ai dit *je ne pourrai pas*, je pense, moi qui voulais être la justicière de ce dessin, *encore un sauvetage raté*. Je pense, pire encore, *je tue tout ce que je voulais sauver*. Je comprends que je viens de commettre un second meurtre. Je viens de tuer la personne que j'aime le plus au monde. Je viens de nous déchirer. Je viens de me couper la tête.

Tu t'éloignes pour un temps.

Je ne sais plus vraiment où j'habite.

Je ne sais plus vraiment où j'habite mais chez moi, c'est sûr, on est deux.

En parlant d'une ancre 3

On va de l'école à la maison de mon père. On s'écarte rarement de ce trajet. Parfois, ma mère nous emmène au café et je bois un diabolo menthe avec toujours trop de sirop. Mais exceptionnellement, ce soir, nous ne sommes pas chez lui. Ma mère commande à manger des cuisses de poulet qu'on transporte dans un sac et on va à l'hôtel. Cachées au fond du sac, je me raconte que ces cuisses de poulet sont illégales, comme nous, qui sommes en fuite et que c'est ce qui fait d'elles des héroïnes. La peur au ventre, je n'ose demander à ma mère si mon père serait d'accord.

On pousse la porte de sa chambre et on s'allonge sur le lit. Le lit est petit et sur la couverture sont brodées de toutes petites ancres bleu nuit. On a l'autorisation exceptionnelle de manger sur le lit, avec les doigts. Je dévore chaque cuisse à toute vitesse, j'ai peur d'être démasquée. Peur que mon père pousse la porte de l'hôtel et nous annonce la fin de la partie, retour à la case départ, retour chez moi.

Comme le diabolo menthe, les choses me paraissent amères quand elles sont trop acidulées. Je suis couchée sur de petites ancres. On n'a pas besoin de table, ou de couverts, ou de maison, même si parfois on en a envie, on ne le fait pas. On se dit honnêtement les choses du monde : ce petit tapis d'ancres, c'est notre maison aussi, c'est nous. On est perdues dedans, on s'égare.

Satisfactions champêtres

Mon grand-père est mort. Ce n'était pas prévu.

Beaucoup de gens ont des mots pour la mort mais moi je n'en ai pas, il semblerait que certaines choses échappent au langage, que certaines choses ne se racontent qu'avec les yeux.

Nous sommes parties à la campagne, dans la maison de mes grands-parents. Avec ma mère. Je pensais retrouver la maison comme après un attentat, sens dessus dessous, balayée par le drame mais, cela me glace, rien n'a changé, il y fait toujours aussi chaud, la peinture toujours sur les murs, ma grand-mère toujours debout, le soleil toujours haut dans le ciel. Seulement, lui, est parti.

C'est une vieille maison, aussi loin que je me souvienne, elle a toujours été ainsi. Une grande horloge qui sonne bruyamment dans le couloir, des escaliers gigantesques qui montent jusqu'aux chambres, le même linge de lits d'enfants qui ne sont plus si petits aujourd'hui, dans cette chambre où la lumière transperce toujours les fenêtres avec force, quel que soit le temps, même s'il pleut.

Dans la chambre de ma grand-mère, son parfum, lourd et musqué, posé sur sa commode. Ce parfum qui m'a toujours permis de la reconnaître bien plus que les paroles elliptiques que l'on s'est échangées. Ma grand-mère, qui avant cela, parlait déjà beaucoup avec ses yeux, risque de ne pas trouver les mots, elle non plus, et j'ai peur qu'elle s'enferme dans le silence, j'ai peur qu'elle devienne mutique et sans un mot, meure à son tour d'amour.

Ma mère est méconnaissable ou peut-être je la connais si peu. On s'installe dans sa chambre d'enfant. De toutes les pièces de la maison, toutes lumineuses, celle-ci fait exception, elle est toujours sombre et les murs sont recouverts d'une tapisserie qui avec le temps, enfle. Les murs avalent la chambre.

C'est difficile d'imaginer que ma mère a été enfant. C'est difficile de comprendre que ma mère n'est pas qu'un objet qui porte mais aussi une femme qui encaisse. Nous avons tous été à l'enterrement, ma mère a dit *je t'aime* à un cercueil et je me suis demandé comment je pourrais faire en sorte de ne pas être en retard sur la vie, comment je pourrais avoir le moins de regrets possibles.

La maison de mes grands-parents a été ma maison par le passé. Quand j'étais petite, mes parents ont vécu une catastrophe naturelle. Mon père a marché la colère parce que ma mère a pris ses jambes à son cou. Mais de cela, je ne me souviens plus. C'est une chose étrange que de perdre la mémoire.

C'est comme déménager. C'est comme jeter des souvenirs par la fenêtre. Certains objets me manquent. Tu me manques. Je ne sais pas pourquoi j'ai jeté tout cela par la fenêtre.

Dans cette maison, j'ai un sentiment étrange : tout me rappelle à quelque chose, quelque chose de flou sur quoi je ne parviens pas à mettre le doigt. Les jours passent et je commence à visualiser, plus ou moins, des images. Les petites fourchettes roses me rappellent un goûter d'anniversaire. L'odeur du feu éteint dans la cheminée, un visage. L'odeur de ma grand-mère cette après-midi où elle m'apprenait à écrire, sur la grande table de la cuisine.

Je ne suis pas beaucoup retournée chez mes grands-parents, pour beaucoup de raisons et aucune réellement valable. La mesure du temps n'étant pas la même chez moi, occupée à construire une tribu professionnelle et amoureuse. Il n'y a que dans les moments où tout se casse la gueule qu'on prend le temps de s'arrêter pour contempler les dégâts.

Quand une personne meurt, l'ordre des choses disparaît, s'efface du tableau général et les proches, ceux qui gravitent autour, se retrouvent, là, dans le vide, en état de latence, un peu comme au premier jour de leur vie. Ma mère a perdu la mémoire, elle est redevenue enfant. Dans sa chambre, petite à nouveau, comme un paquet abandonné dans une gare, sans propriétaire, elle n'a plus d'explications à sa colère et se frappe le visage de frustration de ne pas pouvoir faire marche arrière. Je crois qu'elle voudrait remonter le temps et dire *je t'aime*. Mais si Papi n'était pas mort, aurait-elle pu simplement lui dire ?

J'aurais voulu l'appeler pour lui dire cela, mon amoureux, mais je me sentirais bête d'utiliser le deuil pour calmer sa colère. J'aurais voulu ne pas jouer ma vie sentimentale au Monopoly mais si je ne l'avais pas fait, saurais-je à quel point je l'aime encore ?

Mes parents, Tu. J'ai déménagé tout le monde de moi. J'ai vidé ma maison. Était-ce pour apprendre à dire autrement *Je t'aime ?*

Je suis dans la salle de bains avec ma mère et je lui dis : *j'ai jeté tous mes souvenirs par la fenêtre.* Ma mère pense que j'ai eu trop de peine et que j'ai fait le singe avec ma mémoire. Ma mère repose sa brosse à dents et s'adosse contre la baignoire. Elle parle. Elle me raconte. Elle raconte tout ce qu'elle sait de moi. Elle me donne sa version de mon histoire. Elle raconte mon père, leur rencontre quand ils étaient tribu de deux. Elle raconte la petite maison qu'elle a habitée et ma naissance, le refuge qu'elle s'est constitué, les cases qu'elle a remplies. Elle raconte comme ses constructions lui ont compressé le crâne, elle raconte son asphyxie. Elle raconte sa fuite, l'incendie du château et le démantèlement de notre tribu, le naufrage de son amour, la fin du monde à deux et la colère bleue de mon père. Elle parle de la guerre de la femme contre la mère, des adultes qui se retrouvent comme des enfants et ne peuvent plus tenir leurs rôles, et des enfants, au milieu du monde des adultes, qu'on ne peut plus porter quand on tombe par terre. Elle raconte le refuge qu'était la maison de mes grands-parents, quand ma mère et mon père étaient en guerre et ne pouvaient pas me porter sur leur dos. Elle dit aussi des choses simples et des choses heureuses que ma mémoire a effacées comme la fois où elle s'est improvisée coiffeuse et m'a fait une frange oblique et le rire de mon père qui ne s'arrêtait pas, le rire de mon père qui remplissait toute la pièce. Ma mère me raconte toute mon enfance et recolle les morceaux, rebouche les trous. Ma mère, je me trompais, ne fait pas que détruire, ma mère est réparatrice.

Je connais si peu la femme qui se cache derrière ma mère. Je me connais si peu. Derrière quoi je me cache ?

De toutes les cabanes que j'ai construites jusqu'à présent aucune ne me ressemble. Toutes ne sont que des rappels à ce que je ne suis plus. J'ai tué trop de choses de ma première cabane, je l'ai rendue hostile et inhabitable. Tu dis qu'on ne peut pas reconstruire sur ce qui est détruit. Je dis que les amoureux, tribu de deux, peuvent tout.

Je dis qu'on ne peut pas construire des cabanes-cage et des cabanes-refuge mais qu'on peut prendre une nouvelle trajectoire sur un nouveau bateau-lit. On ne peut pas s'enfermer dans un lieu, dans une maison, fût-elle chaleureuse, et se boucher les oreilles, la bouche et les yeux face au monde. On ne peut pas s'enfermer chez soi pour oublier. On ne peut pas s'enfermer dans sa poche, on ne peut pas s'empêcher de grandir. On doit voyager, prendre le large, retrouver des fondations et visiter des îles étranges pour retrouver la mémoire. Je dis ça mais je vis dans nos ruines en suspens.

Je m'imagine retourner mon lit, en soulever les lattes et y construire dessous une cabane-cimetière. Rester dans cette cabane sous la coque et attendre une réparation qui viendra de lui ou du temps. M'enterrer vivante dans une cabane de souvenirs morts. Ce serait une option. Ça attirerait peut-être son attention. Ou je pourrais lui faire un enfant. *Un enfant dans le dos*, comme on dit. En pensant à ça, je l'imagine comme Quasimodo ne pouvant toucher son enfant avec ses bras montés à l'envers. Je me rappelle que Tu ne voulait pas d'enfant, il y a quelques temps. Tu avait peur de ne pas pouvoir le protéger du monde. Si nous attendions un enfant, je crois bien qu'on le garderait dans notre dos toute la vie.

Mon père me dit, *On n'est pas obligés d'être deux pour aller dans le monde*. Son aspect pratico-pratique l'a peut-être sauvé du naufrage mental. Je ne pense pas que l'on soit obligé d'être deux pour aller quelque part mais je sais qu'on voyage beaucoup plus loin en tribu. Je me demande si finalement, je ne vais pas finir par parler comme mon père. Si je ne vais pas finir cartésienne.

Mon père a raison. On peut bien être tribu à soi-même. On peut bien, par soi-même construire une cabane ouverte sur le reste du monde. On peut bien aller dans le monde sans être deux. Finalement, peut-être que ma mère, tribu à elle seule, est une héroïne. Peut-être que mon père dit des choses pratiques sur l'amour parce qu'il sait, lui aussi, toutes les choses du monde. Peut-être que mes parents, tribu de deux naufragés, ont appris à être tribu chacun de leur côté. Peut-être que nous suivons toujours les mêmes cycles de vie et de mort. Peut-être que le monde dans lequel on mange et on va au travail n'est pas si différent du monde que l'on se construit. Peut-être que mes parents sont eux aussi, des enfants particuliers et nous deux, des adultes comme les autres. Peut-être qu'il ne faut pas avoir peur du monde.

J'ai toujours peur du dehors et des vieilles maisons. Je ne suis pas retournée chez mes grands-parents parce que je savais très précisément ce qui m'y attendait. Je savais que j'y recouvrerais la mémoire. Je pensais trouver la maison comme en ruines parce que j'y avais enterré des souvenirs. Je pensais que les souvenirs, si on les enfouissait bien profond, mouraient.

La solitude m'a prise particulièrement chez mes grands-parents. C'est bizarre. Je sais Tu en colère et loin de moi mais je me sens envahie d'une forme de joie. C'est joyeux parce que c'est un souffle de vie. Il y a en moi, un désir, qui lentement se propage, celui de me connaître. Celui de marcher très longtemps, de m'allonger sur un divan à motifs. Il y a en moi le désir de parler comme mon père et de prendre la fuite comme ma mère.

Et brusquement, je n'ai plus peur du monstre que je suis, des désordres qui m'habitent. J'ai toujours compté deux par deux et je n'ai plus envie de faire d'additions. J'ai le désir de la solitude. Je compte jusqu'à un.

Je ne me sens plus chez moi. J'ai besoin de construire autre chose. Je construisais des cabanes-refuge pour les naufragés que je considère comme mes héros. Il y a des règles qui ne sont là que pour m'abriter de mes peurs. J'ai construit des murs de pierre cimentés par mes angoisses. J'aurais dû laisser de l'espace à toutes mes ancres peut-être. J'aurais dû me laisser de l'espace.

Je ne suis plus très croyante, depuis que je me suis rendu compte que je n'étais pas la porte-parole et la confidente première de Dieu. Mais cette nuit, dans mon sommeil, dans le lit d'enfant de ma mère, j'avais le sentiment qu'on me tenait la main. Je sais que c'était mon grand-père, qui se tenait là, pour me dire qu'à mon réveil, je n'aurais besoin d'être tirée du lit ni par ma mère ni par mon amoureux. Je me lèverai seule et irai, de la nuit au jour, marcher les montagnes. Consciente que dans les traversées de tristesse, toujours bizarrement le soleil brille. L'envie de s'acheminer demeure.

Chavirer

Cela fait des mois maintenant qu'on navigue en pleine tempête, toujours sur la même mer, mais chacun sur sa barque de fortune. Des mois sans port d'attache. J'en ai assez, je voudrais te rejoindre. Je suis sûre que si tu me laissais accoster ta barque, elle ne coulerait pas.

Essaie pour voir. Je me connais, je ne prends pas tant de place.

Tu sais, c'est comme quand on porte des courses très lourdes, il vaut mieux avoir du poids des deux côtés, dans chaque bras, ça équilibre. Tout est plus facile, à équilibre. Le poids est le même mais on a deux fois des bras pour le porter.

Je sors les voiles, je maintiens le cap vers ton embarcation. Je m'approche plus près, plus près. Je t'envoie un signal radio très puissant. Je te dis que ça ira, je ne pèse pas lourd. Je serai là, tu pourras te tenir un peu partout et moi, en face, toujours en équilibre, je ferai contrepoids. Tu ne seras plus obligé de te tenir seul, recroquevillé, toujours au milieu pour ne pas renverser la coque. Tu pourras te rapprocher du bord, je tiendrai l'équilibre, debout sur ta barque.

Vraiment ? On annule encore ? Je reste seule en mer ?

Bientôt tu me dis, bientôt quand le travail de voilerie sera fait, quand la fatigue du matelot passera, bientôt on arrivera dans des eaux plus calmes et tu pourras passer me voir. Pour l'instant *laisse-moi*, je navigue seul, c'est la tempête.

Pas le temps, pas le temps, c'est la tempête.

Moi, je m'en fiche de la tempête. Moi, je navigue dans la tempête. Regarde comme je sais faire, je n'ai pas peur. Je rame vers toi, je pose un pied sur ta barque. Tiens, regarde. Je t'accoste. Et voilà, je m'invite. Tu vois bien que je peux tenir. Pousse-toi un peu et laisse-moi grimper. Laisse-moi. Allez !

Tu ne vois pas, tu me dis, tu ne vois pas, on est déjà deux sur ma barque.

Laisse-moi.

On est déjà *deux*

Sur

Ma barque.

Deux ?

Mais comment tu pourrais être deux sans moi ?

Quoi deux ? Quoi, il n'y a plus de place ? Qui d'autre navigue avec toi ? Est-ce que c'est vraiment quelqu'un de lourd ? Est-ce que, vraiment, elle prend tout l'espace ? Il n'en reste plus pour moi ?

Mais je vais où, moi, si tu ne me fais pas de place ? J'ai vogué vers toi, tu ne vas pas me repousser dans l'eau ?

Tu vas ?

Me repousser dans l'eau ?

J'ai les jambes dans l'eau glacée comme Jack Dawson, les mains agrippées à ton embarcation. Je bégaie *Qui ? Qui ? Qui ?* Donne-moi un visage. Donne-moi un nom. Tu ne me dois pas de visage, tu ne me dois pas de nom, tu dis. Tu dis que mon visage à moi te rappelle de mauvais souvenirs. Que mon nom, c'est la tempête. Mais non, tu te trompes, non, je ne suis pas la tempête. C'est la tempête mais je ne suis pas la tempête. Je suis ton rocher dans la tempête. Je suis l'amarre. Je suis de ta tribu. Je suis pour toi et moi.

Je crie les slogans qui nous faisaient tribu de deux. Sans elle. Avant que tu ne nous comptes plus un. Et mes slogans coulent au fond de l'eau, creux dans tes oreilles, remplis à ras bord de mes incohérences parce que tu te souviens du jour où je t'ai appris un plus un égale trois.

Alors, avec tes mots, tu écrases mes doigts pour me faire lâcher prise. Je pleure des rivières, ça y est. Ce sont des rivières hurlantes. Je plante mes ongles dans ta barque, je crie *attends, attends*. Je suis devenue aveugle, je bégaie encore des promesses, je me fais rocher-amarre. Tu ne m'écoutes pas. Je panique.

Je me fais dauphin et je te saute dessus. Je colle très fort mon front contre le tien. Je plante mes yeux dans les tiens. Je te pique avec notre passé en plein dans les yeux.

Tu cèdes.

Tu me dis *trente minutes, pas plus*. Tu peux monter trente minutes sur ma barque, après je te rejetterai à l'eau.

Je reprends ma respiration. J'appelle ma mère qui me demande si je suis jolie. Je réponds, *j'ai pleuré des rivières, mais ça va*. Ma mère me donne de la force. Ma mère ne condamne pas le ridicule. Ma mère ne juge pas les victimes, c'est ce qui fait d'elle une héroïne. Je me hisse de toutes mes forces sur ton embarcation.

Et quand j'arrive à bord, tu n'es pas là.

J'arrive trop tôt. J'arrive trop vite. Je veux te montrer comme je suis une bonne élève, comme je suis sage et comme je respecte notre règlement. *Dépêche-toi*, tu m'as dit, parce que tu es fatigué. *Dépêche-toi et trente minutes, pas plus.* Secrètement, je l'espère, si j'arrive bien en avance peut-être que tu oublieras de compter puisque visiblement, compter pour nous jusqu'à deux, ça, tu ne sais plus.

Je te vois remonter sur le pont depuis la cale, j'ai l'impression que la barque se renverse, que l'on tombe tous les deux par-dessus bord. Je respire sous l'eau, tes yeux dans les miens. Tout près. Tout près. Trop près, j'ai peur que tu me voies moche. Tu dis, *on ne va pas rester là*, à moitié comme une question, à moitié comme un texte appris par cœur.

On descend les escaliers de ta cabine, je regarde tes fesses et on arrive dans ta nouvelle chambre. C'est un bateau-lit. Ton lit à toi est tout petit, les parois du bateau encore en chantier font une coque pas très solide si tu devais voguer en solitaire. Mais c'est joli. Il y a ce style un peu catalogue Ikea que tu as toujours eu, que je ne t'ai peut-être pas laissé assez exprimer quand tu t'installais chez moi. Ce style, je le trouve drôle, il fait très ado-adulte. Il fait très je-suis-un-adulte-maintenant-je-n'ai-pas-de-jouets-dans-ma-chambre. Je ne vois pas tes classeurs dinosaures. Tu as un ficus. Je ris. Ton intérieur est bien moins fou que toi. Ton intérieur est d'apparence très équilibrée. Tu me dis, ouvre les placards, tu me reconnaîtras. Bien sûr, tu es toujours là-dessous. Bien sûr, nous sommes sur ton bateau, je te reconnais. Je souris et je t'en veux aussi. Je t'en veux de construire des bateaux-lits avec des ficus.

Je m'assieds face à toi. On flotte tous les deux presque immobiles tandis que dehors c'est la tempête. On est là, deux statues pendant que les vagues s'abattent sur nous. On est là, on sourit bêtement. C'est la tempête et j'entends tous les bruits. J'entends mes chaussures se cogner l'une contre l'autre, tes yeux se cacher dans ton plancher, les verres qu'on a bien remplis faire un bruit sourd quand on les pose par terre et nos bouches avaler pour s'empêcher de dire les mots qui, à nouveau, enclencheront des rivières bruyantes. Ta cabine est petite, je pense à mon père qui m'a dit une fois, ça lui a échappé : *J'ai vécu des mois dans un appartement minuscule quand ta mère m'a quitté. Tu ne sais pas ce que c'est.* Je me rappelle que c'est moi qui t'ai noyé la première, je me sens coupable. Je ne sais plus ce que tu es. Je comprends que tu peux vivre sans moi. Je me demande si tu as pu parler comme mon père quand il était fâché contre l'amour et ça m'abîme.

Je te dis, *je me sens bizarre, là, comme ça, face à toi. Je peux m'asseoir à côté de toi ?*

Ça te fait sourire, je m'approche.

On ne dit rien. On regarde l'horizon de ta télé écran plat. Rien ne s'y dessine.

Nos mots se perdent dans le vide de la tempête, on ne les adresse à personne, nos mots. On dirait qu'on chante chacun à voix très basse pour le public de notre naufrage. On rit beaucoup de la gêne qu'on installe. Je sais qu'on va jouer aux amoureux dans des bateaux-lits pour la dernière traversée. Je n'ai pas envie de jouer. Je prétends que j'ai oublié mon texte. Je le connais mais j'ai peur de me tromper et que tu me jettes par-dessus bord.

Je prends une grande inspiration et je te dis à toi, en regardant la voile de ton plafond, les deux mots que je te disais souvent avant mais que je ne t'ai pas dit depuis qu'on est dans la tempête, la chanson que j'avais peur de te chanter quand j'étais un bourreau, un singe ou ma mère.

Tu pleures une petite rivière silencieuse.

Ces mots-là, ils sonnaient juste.

On se prend et on se rejette. On se colle, on se greffe l'un à l'autre, je n'ai pas voyagé dans ton cou depuis si longtemps. En emprisonnant mon corps dans ton étreinte, tu me dis que tu vas me quitter. Tu t'agglutines. Ta peau est ma peau et tu me dis les mots pour nous déchirer. Mais tes mots sont tout petits. Les mots, mon amour, n'existent plus pour les corps. Tes mots, même s'ils m'arrachent la peau, même s'ils découpent mon ventre, ne me tuent pas et je suis toujours dans tes bras. Ces mots-là sonnent faux.

Je pose une question. Je pose une question qui risque de me découper une bonne fois pour toutes. Tu me donnes la réponse qui découpe. Tu es déjà en voyage. Tu connais la destination et je ne suis pas invitée. C'est bon, je suis en deux morceaux.

Je reste longtemps statue. Tu fumes dans l'autre pièce. Toi, tu ne regardes pas avec tes yeux. Je te regarde et je reste tendue vers toi.

Je bois et c'est mauvais, j'ai l'impression d'avaler ma misère. Je mange mes larmes.

Je me dirige vers la porte. C'est une mise en scène. On a construit notre bateau, on construit son naufrage. Je ne pars pas, je vais pour partir. C'est une pièce de théâtre. Tu dois me rattraper. Et quand tu le fais, comme c'était écrit, je te repousse parce que tu le sais bien, on ne peut pas être à deux endroits au même moment, on ne peut pas voyager aux deux coins du globe en même temps, ça ne se peut pas, physiquement, ça ne se peut pas. Alors je prends la porte.

Je prends les escaliers, je ne vois plus tes fesses. Quand je sors de ton champ de vision, quelques marches plus bas, je me laisse tomber. Je me laisse échouer. Je laisse couler les rivières. J'ouvre tous les robinets du monde pour que l'eau remonte jusqu'à toi, pour que ma rivière te noie dans un vacarme assourdissant. Toujours, je te rappelle à moi par les pleurs. Je reproduis la tempête qui nous a fait chavirer. Comme on se dit que les naufrages qui ne nous tuent pas nous rendent plus forts, que les voyages forment la jeunesse, que l'on apprend de ses erreurs, que nous changerons. Comme on se dit ça, comme on n'y croit pas, comme on se ment.

Dans tes bras de nouveau, je n'ai plus peur, parce que tu m'as repêchée. Un instant, je n'ai plus peur, car même si tes mots me noient, mon corps et le tien sont encore au sec, sur ta barque. Et c'est moi qui me tiens là, à tes côtés et pas une autre. Et je sais compter, je vois bien, nous sommes deux. Deux nous sommes à nouveau et tes yeux à nouveau me font chavirer et je ris. Je ris. J'avais oublié comme notre bateau-lit était splendide. J'avais oublié comme on se sentait. Comme une espèce de roi ou de reine. On se sentait super.

C'est l'heure.

Un dernier regard, on se laisse bercer un peu par le courant et je disparais dans les flots. L'eau m'avale, et je m'en vais nager à contre-courant.

Et aujourd'hui je me demande, si vraiment tu as pris la mer, si tu es parti en voyage comme tu l'as dit avec des mots ou si, ton corps plus fort que ta tête est resté statufié sur ton palier. Si en mer, tu te tiens là, au même endroit, sur ta barque, sans cap, sans destination, et si tu m'attends.

Mettre la quille en l'air et réparer

Maintenant, il faut réparer. C'est un jour de grand soleil. Je t'attends sur le port, on a rendez-vous. C'est là qu'on aurait dû grandir, sur un port comme celui-là, dans un village. Souvent j'y ai pensé, partir avec toi dans un pays nouveau. Souvent je m'interroge, ne serait-on pas mieux ailleurs toi et moi ? Tu arrives au loin. Je t'ai vu remonter la rue, à plusieurs reprises, toujours j'imaginais, ce n'était pas toi. Tu me souris. Tu m'embrasses. On se met au travail.

On fait comme si toujours ça avait été ainsi. On est heureux. Tu te places en face de la barque, je me tiens de l'autre côté. Je cherche une bonne prise, sous la coque, une prise solide, pour ne pas lâcher. Tu vérifies que c'est bon, je suis prête et *un, deux, trois* on soulève la barque de mon côté. Je me tiens bien droite, pour qu'elle ne s'écroule pas, tu accours, tu me rejoins et lentement, tous les deux on retourne la coque, ventre à l'air.

Tu as toujours été beau dans l'effort.

Comment on répare ? Moi, je ne sais même pas où est la quille. Comment on répare quand on n'est pas mécanicien ? Moi je ne suis que navigatrice. Toi aussi. On n'a jamais appris à réparer les bateaux.

La quille, même si notre bateau est petit, est en deux morceaux. Assembler deux morceaux, ce n'est pas sorcier. Pour nous deux, ce ne devrait pas être compliqué. *C'est comme un jouet Kinder*, tu dis, et tu me montres. *Quand même*, je dis, *quand même c'est con de ne pas avoir de mode d'emploi.* Moi, je n'aime pas vraiment les surprises. Je préfère savoir où je vais d'ordinaire. J'aime quand les choses sont ordonnancées. Mais on a le temps. On peut se tromper. Le bateau n'est pas à l'eau. La réparation pourrait prendre des jours et des jours.

On change la quille. Tu visses et je tiens. *Je peux visser aussi ?* je demande. Tu dis *d'accord* mais on voit bien que tu aurais préféré garder la perceuse parce que c'est plus amusant que de tenir la quille. Alors, je te la rends. C'est comme ça, je suis plus heureuse de te voir content, je prétends que ça m'ennuie, la perceuse. Je mens un peu. La quille, à tenir, c'est fatiguant.

Maintenant qu'on l'a fixée, on pourrait repartir en mer mais on décide de prendre une pause. On s'embrasse sous la coque retournée et on fait l'amour. Ça fait des années qu'on n'avait pas fait l'amour, j'ai l'impression. Ça faisait tellement longtemps que je pleure de joie. *Pleurer de joie*, c'est une expression bizarre, presque un non-sens, mais ça arrive. Je me cache comme je peux parce que c'est délicat de pleurer à cet instant. Là encore, je voudrais que tu sois content. Je suis quasi certaine – même si c'est très présomptueux de le penser – que tu pleures intérieurement de joie aussi.

On est allongés sous la coque. On peut voir, à travers les rainures, le ciel blanc. Le ciel est blanc parce qu'il est rempli de soleil, il y en a tellement qu'il annule la couleur bleue. Le ciel est un soleil immense au-dessus de nous. *Il faudrait peut-être réparer la coque*, tu dis en tirant sur ta cigarette. Effectivement, si on peut voir le ciel, c'est que l'eau peut, elle aussi, passer au travers. *Demain ?* on pense. On a le temps. Demain, je suis d'accord.

On se réveille au matin et il y a cette histoire de coque à réparer. C'est le début de la journée, ni toi ni moi ne sommes prêts. On est mal réveillés et moi j'imaginais plutôt faire de la peinture. Je pourrais peindre la coque en bleu puisqu'il en manque dans le ciel et toi tu pourrais dessiner dessus nos deux prénoms.

Alors, on peint l'intérieur de la coque, comme on peindrait les murs de notre nouvelle maison. On écoute de la musique et tu me parles. Ça aussi, ça m'avait manqué. On parlait beaucoup avant. Tu es curieux, tu sais toutes les choses de l'univers. Je ne m'inquiète pas du prochain voyage, j'aime ton regard sur le monde, tu me raccroches à lui. Aucune raison que l'on finisse sous l'eau.

Des après-midi de bonheur, c'est rare. Ça ne veut pas du tout dire que la vie est moche. Mais des après-midi qu'on se rappelle toute sa vie, qui ressemblent à une soirée extraordinaire, c'est rare. C'est une après-midi idéale. Parce que nous ne faisons rien d'autre que de la peinture et nous sommes heureux. Et nous pensons, même si ça ne se peut pas, qu'on pourrait vivre ainsi, des années, à faire de la peinture sous la coque de notre bateau.

Il faudra bien, quand même un jour, que les vacances s'arrêtent. Pour l'instant on fume, on pêche des poissons et on les mange, on se cajole au milieu des effluves de peinture fraîche, sous ce bateau retourné, abri temporaire.

Moi je pourrais rester des jours entiers à réparer ce bateau, laisser la peinture sécher au soleil et nous laisser le temps d'être juste heureux. Je me dis comme ça, dans tes bras, que je vais encore pleurer de joie de nombreuses fois.

On est là, à se prélasser, on oublie un peu la date butoir de la navigation. Elle approche.

Tous les soirs on se dit qu'on devra réparer ces trous dans la coque et tous les soirs on s'endort sereins en se disant : *demain*.

On est toujours un peu bêtes quand on est amoureux. Toujours insouciants. C'est ce qu'il y a de bien aussi. Sauf que là, c'est l'heure, forcément, il faut y aller, il faut prendre la mer et on n'a pas pris le temps de réparer cette foutue coque.

Qu'à cela ne tienne ! *On pense à la même chose* ? Bien sûr que oui. On va prendre la mer, même si la coque est un peu foutue, ça tiendra. Et tu sais pourquoi ? *Parce que, tribu de deux, les amoureux peuvent tout.*

Glisser sur le fond de la mer

Je rêvais. Je ne me souviens plus. De nous deux, des souvenirs heureux, si je souhaitais en avoir, il faudrait que j'en retrouve des preuves écrites.

Ce matin, c'est impossible de se réveiller. Il faut que je sorte de la couette, il fait trop froid, il fait trop nuit, il est trop tôt pour petit déjeuner et je n'ai pas de quoi me changer. Il faut que j'arrête la clope. Ça sent le tabac froid. Une personne indéfinie dort à côté, j'ai l'impression qu'elle fait semblant. Il faut que je parte vite. Au sol, les restes d'hier. J'ai pris cette habitude de toujours commander au restaurant, j'ai pris cette habitude de ne jamais dormir chez moi, j'ai pris cette habitude de ne surtout pas me laisser de temps. Je fais le moins de bruit possible pour ne pas réveiller l'inconnu de la maison. Je cherche mes vêtements sur le sol. Je m'habille vite et je pars.

Je referme la porte. Je sors dans le froid. Il fait moche, ça joue. Le ciel n'est bleu que dans les fonds d'écran. Je commande un taxi et j'en ai honte mais je n'ai pas le courage de prendre les transports en commun, de croiser des gens, d'aller dans le monde. Ça me pèse. À chaque fois que je referme une porte, le poids est là, au fond de la gorge, il glisse jusque dans mon estomac. J'arrive chez moi et c'est encore pire. Seize tonnes de plomb qui s'abattent à l'idée que j'habite une maison hantée. Je ne me sens pas chez moi.

Il y a des matins où on ne se reconnaît pas. Je me regarde, je ne me reconnais pas. Seule, je me suis inconnue.

Ma cabine de douche est un peu un sas de solitude. Si je vivais dans un film de science-fiction, j'y dormirais. Elle se ferme très exactement comme une navette spatiale. J'aime ça. En ce moment, sous ma douche, je suis assaillie d'une couleur. C'est le noir-bleu. Le noir-bleu, c'est la couleur dont je ne veux pas. C'est la couleur que j'ai portée avant de m'allonger sur un divan à motifs et je refuse d'en être recouverte. C'était la couleur de ma mère lorsqu'elle perdait son âge.

Mais vraiment, j'ai beau me laver de la couleur, elle ne s'en va pas.

Il n'y a pas de raisons pour que mon corps noircisse-bleuisse, mon poids s'alourdisse et mon dos se plie, je suis extrêmement jeune.

Dans ma navette spatiale du futur je pense à l'avenir et je suis aveugle. Je ne vois rien. Alors je me projette en arrière : Et si on avait réparé la coque ? Si on avait été moins lâches, moins peureux, moins fainéants ? Je nage à contre-courant. Le flux qui me ramène à Tu est trop puissant, je n'avance pas.

Je suis là, en mer, un bateau qui coule et je ne fais rien. Histoire d'être sûre de sombrer en martyre. Je n'avance plus. On a jeté l'ancre toi et moi, on ne se bat plus, je dérive. L'ancre sous l'eau, glisse sur le fond de la mer, en avant, en arrière et je stagne. L'ancre à l'intérieur de moi, traîne et me déchire l'estomac. Je ne veux pas retourner sur un divan à motifs de vieille personne riche pour comprendre que ce dont j'ai peur c'est de la séparation. C'est de perdre la mémoire de Tu parce que petite fille j'ai perdu mes souvenirs, j'ai avalé une ancre, qui ne fait que grossir depuis des années. Je ne veux pas savoir qui est l'enfant dans ma cabane d'adulte que j'ai peur de blesser.

À chaque fois, cette ancre dans ma gorge – je sais qu'elle est là – est aussi là parce que je suis loin de toi. *Tu* me manque. *Tu* n'est plus là et *Je*, je ne sais même pas qui c'est. Et *Nous*, ne peut donc pas être puisqu'il n'y a ni *je*, ni *tu*. Ce *nous* qui me fait défaut, je me demande bien ce que je pourrais faire pour le retrouver. Je voudrais partir en vacances avec toi, m'enfermer sous une coque, ne faire que des choses à deux sangliers sauvages, isolés du monde mais ça ne se peut pas. Le monde est là, il déborde. Je veux en être. Il fut un temps où, d'être un *je* dans le *nous*, me donnait de la force pour aller dans le monde en quittant mon costume de singe. Aujourd'hui je me noie les oreilles, les yeux, la bouche sous l'eau chaude pour ne pas alerter le voisin de mes rivières.

Je voudrais t'appeler. Comme une nouvelle venue, *me présenter à toi*. Ce ne serait pas une expression pour rien, jetée en l'air. Je te dirais : *J'ai grandi. J'ai changé. Je suis cette personne qui saura te dire je t'aime dans une autre langue.* Je te raconterai une histoire nouvelle, une qui ne se répète pas. Je construirai un bateau solide, car j'aurais appris à naviguer de mes naufrages passés. Je jetterai les ancres de la petite fille que j'ai été. On voyagera léger. Léger et libre. Ce ne sera pas une maison, pas une cage, pas une poche. On aura de la place pour grandir. Je te dirai :

Je suis plus forte aujourd'hui. Je suis capable de te rendre heureux. Je sais assécher les rivières. Je te demanderai : *Porte-moi à mon tour. Donne-moi de mes nouvelles. Intéresse-toi à nous.*

Quand je dis tout ça, je rêve encore.

Je suis chez moi seule et habitée à la fois. Je suis chez moi, toujours un pied en dehors du réel.

Je veux construire une maison pour ne pas voir le monde. Je veux construire une cabane d'enfant. Je ne veux pas grandir.

C'est rare, des journées de malheur, de celles dont on pense qu'on ne se relèvera pas. Je pense *je n'arriverai plus à vivre*. Je cours dans les bras de ma mère qui m'étrangle d'amour et je dis *je ne pourrai pas.*

Je pense à cette phrase que tu m'as dite un jour : *un jour, tu ne joueras plus, et je ne voudrais pas te décevoir.* Je pense à cette phrase et je suis allongée sur le canapé bleu de ma mère.

Je me tiens l'estomac, comme pour ne pas vomir, comme si de le tordre ainsi atténuerait la douleur, comme si de le retenir ainsi empêcherait un débordement. Je pense très fort à toutes ces personnes, toujours debout : ma grand-mère, ma mère, mon père et je me répète : *on ne meurt pas d'amour, on ne meurt pas d'amour*. J'ai perdu mon âge. Je ne me souviens plus de celle que j'étais auparavant. Le canapé bleu s'amollit et m'avale tout entière. Je tombe malade. Je ne sais plus parler. Je ne peux rien porter. Je me sens comme assommée.

J'ai une ancre très lourde à l'intérieur de moi. Je suis une petite fille qui a peur. Je rapetisse. Ma mère me dit : *tu as besoin de te reposer*. Quelque chose brusquement se tend en moi. Ce n'est pas une petite chose. Je repousse ma mère. *Je ne veux pas dormir.*

Je rentre chez moi. Je ne veux pas couler. Je ne veux pas mourir. Je ne veux pas être triste. Je me regarde dans la glace. Je me reconnais. Je n'ai jamais été un ours polaire juif de la Seconde Guerre mondiale. Je suis la justicière sur le dessin. Je terrasse le dragon. Je terrasse la douleur. Si j'étais ours blanc, je me peindrais le poil en rose. Je ne serai pas victime de toi, victime des choses noir-bleu de la vie, je ne me laisserai pas pour morte.

Quand même, je pense, *quand même c'est con de ne pas avoir de mode d'emploi.* Le bonsaï sur le bureau, je le jette, tel quel, arbre mort avec son terreau desséché cimenté à ses racines, poubelle ; et la coque de notre bateau, brusquement, se déchire en deux. Brusquement l'eau s'insère entre chaque rainure. Un temps, l'arbre demeure à la surface des déchets. Un temps, la coque de bois flotte encore, elle résiste. Et seule, à l'eau de mes rivières de larmes, je nous regarde nous enfoncer dans les déchets du rien, disparaître pour toucher le fond de la mer. L'arbre mort tombe lourdement au fond du sac noir, avalé.

Lever l'ancre

Je n'arrive plus à construire. Je n'arrive plus à habiter que des radeaux à la dérive. Je me rappelle qu'avant il y avait des règles. Ce que l'on appelait l'ordre des choses. Les choses étaient ce qu'elles étaient parce qu'elles étaient à leur place. Leur place n'avait jamais été remise en question parce qu'il n'y avait pas d'autre place pour les choses, et parce que cette question de savoir si les choses étaient bien à leur place, n'avait jamais été posée. Je ne me souviens plus vraiment du moment où je me suis posé la question car il a bien fallu que je me la pose. Je ne me souviens plus vraiment du début du désordre.

Je suis assise à la table de la cuisine et je joue avec une petite ancre. C'est une petite figurine en plastique. Je la gobe et je joue à la faire circuler à l'intérieur de ma bouche, du bout de ma langue, sans l'avaler. L'ancre n'est pas reliée par une corde, seule, elle se balade sous mon palais en suivant les va-et-vient de ma langue. Je ne l'avale pas. Plus je réussis, plus j'augmente le risque, plus j'étire ma langue vers mes amygdales pour rapprocher l'ancre du fond de ma gorge.

Je l'avale.

Je ne joue plus.

Je dis : « J'ai avalé une ancre » et je me retourne vers mon père qui pleure. Il a un costume gris. Il est très différent. Il ressemble à un enfant. Ma mère, elle aussi, est très différente, elle est devenue invisible. Je répète « J'ai avalé une ancre » et déclenche l'effet escompté : branle-bas de combat, mes parents m'écoutent et reviennent à l'ordre des choses. Mon père et ma mère doivent m'emmener à l'hôpital parce que c'est grave. Je ne sais pas pourquoi ce jour-là, je trouve étrange que mon père et ma mère m'accompagnent tous les deux à l'hôpital. Je trouve bizarre cet assortiment de Papa-Maman. C'est le premier jour dans mes souvenirs où il sonne faux. C'est le premier jour hors de l'ordre des choses, aussi loin que je me souvienne. Aussi loin que je me souvienne, je n'ai plus que des souvenirs hors de l'ordre des choses.

Merci à toutes les équipes de Paris 8 en Master de Création littéraire, pour leurs retours enrichissants et lectures si nombreuses. Tout particulièrement à Christine pour ses conseils avisés et bienveillants dans le 19e arrondissement. Et à mes camarades de la radio parasite : Leïla, Nicolas et Valérian.

Un énorme merci à l'incroyable équipe de Trames : mes agents Kinga, Violaine, Camille et Sylvie, pour m'avoir suivie dès le début, guidée et conseillée quand j'avançais dans la tempête du monde du livre et sans qui ce projet n'aurait pas vu le jour et certainement pas de façon aussi heureuse.

Un gigantesque merci à Benoît, mon éditeur, pour sa confiance, son œil avisé et son amour de la bonne nourriture et du bon vin.

Un immense merci à Karine Médrano et Mélanie Charvy pour leurs lectures attentives et leurs retours précieux.

Un grand merci à Gaspard Fournié, pour les illustrations.

Un grand merci aux copines, aux copains, à la famille pour leurs lectures, leurs encouragements, leurs retours qui m'ont portée, du début à la fin.

Ce texte a été conçu d'après les plans de Cheeri,
en sabon et en fedra mono, par Nord Compo à Villeneuve-d'Ascq,
et achevé de bâtir au faîte de l'année 2021
dans les chantiers de construction de Présence Graphique à Tours.

Numéro d'éditeur : 74
ISBN : 9782493213037
Dépôt légal : Mars 2022.